時の名残り

大活字本シリーズ

津村節子

時の名残り

装幀　巖谷純介

時の名残り　目次

Ⅰ　夫の面影

Ⅱ　小説を生んだもの

III　故郷からの風

時の名残り

Ⅰ　夫の面影

号外

平成二十三年三月十一日、私は長崎にいた。

三菱《みつびし》重工長崎造船所内にある史料館の一隅に、吉村昭《よしむらあきら》コーナーを設けて下さることになり、その開設セレモニーに出席するためである。

私は吉村が長崎へ百七回来ているうちの半分ぐらいはついて来て、造船所や豪華な迎賓館占勝閣はすでに見学しているが、史料館を見学するのは初めてであった。安政四年に造船所の前身、長崎鎔鉄所《ようてつしょ》建設が着手された時からの、工作機械や蒸気タービンなどが展示されている。

吉村昭コーナーには、当然「戦艦武蔵《むさし》」の自筆原稿と克明な戦艦武蔵ノート五冊をメインに展示せねばならないのだが、ここに納めてしまうと各地で催される文学回顧展でも必ず「武蔵」関連のものは貸し出しを依頼されるので、精巧なレプリカをガラスケースの中に納めた。

その夜、吉村の行きつけの中華街の福寿で、造船所の方々と会食している折に、店主が東北で大津波が起った、という長崎新聞の号外を持って来て一同は驚かされた。

上空から写した建物の夥《おびただ》しい残骸《ざんがい》の写真が全面を占め――11日午後2時46分ごろ、東北地方を中心とする東日本で強い地震があり、宮城県北部で震度7を記録した。広い範囲で火災や停電が発生、けが人が多数出ているもよう――略――。

裏面は倒壊した街の様子のカラー写真で、パニック、泣き叫ぶ声と、大きな活字で書かれている。

ホテルに帰ってテレビを見ると、瓦礫《がれき》となった建物や車が波と共に打ち寄せられ、引きさらわれている。美しいおだやかな長崎の海とはあまりにもかけ離れた情景である。

一泊したばかりの魅力的な長崎を、私は翌日、親しい編集者の方たちと怱々《そうそう》に引き上げることにした。飛行機は通常通り飛び、空港からのバスも何ごともなかったように走り、新宿からタクシーで自宅迄《まで》帰ったが、震災当日は交通麻痺《まひ》で帰宅難民が巷《ちまた》に溢《あふ》れたという。

新聞には、東日本大震災M八・八　世界最大級　死者一三三人行方

不明五三〇人と出たが、すぐM九・〇と修正された。

吉村の「三陸海岸大津波」は「海の壁」という題で昭和四十五年に中公新書から刊行され、文春文庫から出たのは平成十六年のことである。明治二十九年、昭和八年の津波、昭和三十五年のチリ地震による津波と三回にわたって起きた災害を徹底的に調査して書き上げたもので、津波は自然現象だから今後も果てしなく反復されることを意味している、とのべている。今回の災害を未曾有《みぞう》と言うが、明治二十九年の大津波の死者の数は二六、三六〇名、岩手県下閉伊《しもへい》郡田老《たろう》町は一、八五九名の死者を出している。

前兆は、川が激流のように海へ走り、浜では思いがけない大漁。井戸が減水し、沖で大砲のような爆発音がして海が凄《すさま》じい勢いで沖に引き、石や岩がぶつかり合う干潟《ひがた》となる、などなど。
吉村は鮮明な描写で、

海上の無気味な大轟音《だいごうおん》に驚愕《きょうがく》した人々は、家をとび出し海面に眼をすえた。そこには、飛沫《しぶき》をあげながら突き進んでくる水の峰があった。

波は、すさまじい轟《とどろ》きとともに一斉にくずれて村落におそいかかった。家屋は、たたきつけられて圧壊し、海岸一帯には白く泡立つ海水が渦巻いた。

人々の悲鳴も、津波の轟音にかき消され、やがて海水は急速に沖にむかって干きはじめた。家屋も人の体も、その水に乗って激しい動きでさらわれていった。

と書いている。

吉村が文庫のあとがきに、〝二十年以上も前から岩手県の三陸海岸にある下閉伊郡田野畑村に、毎年のように足をむけた。休養をとるためだが、小説の舞台にしたこともある〟と記している。小説とは「星への旅」で、昭和四十一年に太宰治《だざいおさむ》賞を受賞し、長い同人雑誌時代から作家として歩き出した出発点が田野畑村である。

村で津波の話を聞いたのが、津波を調べるきっかけとなった。田野畑村の海岸線は、目もくらむような鵜《う》の巣《す》断崖《だんがい》から望むと、記念切手に二度もなった絶景の北山崎まで、海水の浸入を受けて複雑な海岸線を刻むリアス式の断崖が続いている。リアス式海岸は、津波が押し寄せると海がせり上って来て五十メートルにも達するという。吉村が予告したように、今回明治二十九年から四度目の津波が来たのである。

新聞の特集ワイド版で、前村長の早野仙平氏が、自分は何をやってきたんだろう、と瓦礫の海岸を見て呆然《ぼうぜん》としている写真を見た時、私は胸が痛くなってすぐ手紙を書いた。村長は深い谷に橋を架け、陸の孤島であった過疎村《かそむら》を人も物資も流通する村にした。道路を整備し、教育や酪農や医療など、村の発展に力を尽してきた。観光業者を入れず、村民が潤《うるお》うように漁民に民宿を勧め、昔ながらの景観を保ちながら村を豊かにした。そのことを改めて村長に言いたかったのだ。

先日、荒川区で催されている〝作家・吉村昭と三陸海岸〟の展示会を見に行った時にインタヴューしてきた記者は、〝警告の書　生きなかった〟という大きな見出しで、私が村長に「高い防潮堤を建てれば、村の最大の財産である景観を損なう。悩んだでしょう。自分を責めないで」と手紙を書いたことを記事にした。

津波は防潮堤をやすやす越えてくるのである。私は村長のこれまでの功績をたたえて、せめてもの慰めにして貰《もら》いたかったのだ。

雪国の町

古い予定表を繰ってみると、〝ゆざわ〟と記されているのは昭和六十二年の一月からである。

前年夏、新聞の下段一面に大きく苗場のマンションの広告が出て、スキーをする息子が見に行きたいと言い、スキーなどに関心のない吉村が承知したのが今でも不思議である。私が言ったのなら一蹴《いっしゅう》されただろう。

上越新幹線が上野に乗り入れて間もなくのことで、バブル経済のまっ盛りだったから、湯沢周辺のスキー場近辺にはマンションが次々に建てられていた。スキー場だから傾斜地で何もないような地域である。苗場はとにかくスキー場として名前が通っており、プリンスホテルもある。指定時間に合わせて、越後湯沢駅に案内の車が何台も来ていた。プリンスホテルで説明会があり、マンションの一室のモデルルームも見学した。私は息子とホテルに一泊の予定をとっていた。レストランの前の広いロビーは全面ガラス張りで、シーズンにはスキーヤーがスロープをつぎつぎに松明《たいまつ》滑降してくるのだ、と息子はその情景をつぶさに説明したが、夏場はただのはだか山で、無人のリフトが昇降しているのみである。ホテルに宿泊客も殆《ほとん》どいなくて、地下のレストラン街も閑散としていた。雪がなければ何もないところであった。

帰りの車の窓から越後湯沢マンションという広告をいくつも見かけたので、駅に着いてから町を歩いてみた。マンション建設現場まで道の両側に大きなホテルや旅館、飲食店や土産物店が並び、ロープウェイが山頂まで往復し、川は豊富な雪解け水が音をたてて流れている。新幹線が通じて開けた温泉街で、夏場でも結構人通りは多い。

苗場は冬だけだけれど、ここならオールシーズン利用出来るわ。お父さんが買うのだからね、と私は息子に言い聞かせた。文壇が大移動する軽井沢に別荘を持ちたいと私は言い続けてきたが、軽井沢は冬場は使えないし、第一居酒屋はない。

吉村は案の定気が動いて、湯沢のマンションを買った。そば屋もすし屋も東京から客が来るほどの店があり、越後は酒どころ、新潟からくる魚は新鮮である。私は不動産の勘はいい、と自任している。

結婚してから経済的事情でアパートを転々としていた頃、私は定住したいと熱望していた。たまたま二人の作品が殆ど同時に映画化されて原作料がはいった時に、私は吉村を説得して西武線沿線にある東伏見稲荷《いなり》神社の杜《もり》の裏の分譲地を買った。当時はガスも水道もなく、電話も隣町まで行かなければかけられなかった。終点高田馬場で山手線に乗換えしていたのに、西武新宿駅が出来て繁華街に通じるようになり便利で住み易《やす》くなった。しかも閑静である。高速道路が通ることになった、と役場の説明会がなければ、まだ住んでいただろう。

いつのことか未定だったから住人たちは当分は動かぬつもりのようだったが、私は落着かなくなり、不動産屋の車で走り廻って交通の便のいい中央線吉祥寺《きちじょうじ》の現在地をすぐ予約した。駅前通りはもみがらの上に卵を並べた店や鰹節屋《かつおぶしや》がある田舎町で、案内された分譲地は信託銀行の土地で戦後の引揚者住宅のような古びた平屋の社宅が並んでいたが、その奥には徳川家光《いえみつ》が鷹《たか》狩りをしたという御殿山の林がひろがっていた。

東伏見の土地は十年で十倍になり、それを頭金にしてローンを組んだ。卵屋や鰹節屋のあった駅前通りはファッション街になり、駅までは公園を通って行けば四季折々の花が咲く散歩道だ。今や吉祥寺は、東京で一番住みたい街と言われている。

越後湯沢は、遅い春に野生の水仙と桜が一せいに咲き、まばゆい青葉の季節もいいが近くに紅葉で有名な渓谷もある。冬もアスファルトの道路の中央に湧水《わきみず》が出ていて雪を解かしているから、長靴をはかなくても歩ける。休息ということをしたことのない夫だったのに、予定表を繰ってみると殆ど毎月湯沢に行っている。多い月には、二度も〝ゆざわ〟と書いてあるから、よほど気に入ったのだろう。

家には私の郷里から高校を卒業したお手伝いが先輩後輩と一年ずつずれて二人来ており、夫婦ともども職業柄人の出入りが多く、旅行も吉村は取材や講演以外は行かなかったので、二人きりで過すのは湯沢のマンションの二泊三日だけだった。

クローゼットには夫のシーズンの服、押入れには夫のパジャマと下着、洗面所には夫の歯ブラシと剃刀《かみそり》がそのままになっているので、まだ吉村の気配が濃密に残っている。

気に入っている町であり、生前かれが建てた墓もあるのに、私は一人でマンションに泊ることが出来ない。行きつけの店の人々は、あまり墓まいりにも来ない私をどう思っているだろう。

もうそろそろ雪が降る。夫と歩いた雪道に、ぽっと灯のともっている店々を思い浮べて、心が疼《うず》く。

ひぐらしの里

私たち夫婦は、毎年浅草の観音さまに初詣《はつもう》でしていたが、年々人出が多くなり、参道が歩けなくなって仲見世の裏通りを通るようになった。それでも本堂には近づけなくなったので、吉村の生れ育った荒川区日暮里《にっぽり》の諏訪《すわ》神社に詣でるようになった。

日暮里はひぐらしの里と言い、かれは自慢のふるさとに私の姉夫婦、妹夫婦を案内したことがある。〝下町散歩〟の写真の日付を見ると91 5 7とプリントされている。

まず西日暮里駅から諏方神社に詣で、富士見坂で、晴れた日にはここから富士山が見える、と吉村が説明する。六阿弥陀《ろくあみだ》道を通って七面坂に交わるところにだんだんの坂があり、坂の下に谷中《やなか》銀座商店街がある。夕やけ時の谷中銀座を見下す情景がよく、夕やけだんだん、と云《い》うそうだ。

そこから日暮里駅方面に上り、中野屋で佃煮《つくだに》を買う。ぎんなん横丁のわきに朝倉彫塑館《ちょうそかん》があるというので楽しみにしていたが、あいにく休館だった。近くに幸田露伴《こうだろはん》の家もあったという。

ぎんなん横丁を行く途中、松寿庵《しょうじゅあん》でそばを食べる。観音寺の築地塀《ついじべい》が美しいのでお互いにその前で写真を写し合った。岡倉天心の旧居跡、岡倉天心記念公園には天心坐像《ざぞう》を安置した六角堂がある。

千駄木駅に向かう途中に千代紙のいせ辰《たつ》がある。吉村は千代紙を貼《は》った六角形の筆立を二箇買った。今も書斎に置いてある。文学回顧展がある度に、万年筆や黒や青や赤のボールペン、マーカーやペーパーナイフなどがいっぱい差してあるまま貸し出ししている。私のエッセイ集に、いせ辰のデザインを使ったものが二冊ある。いせ辰の傍の菊見せんべいでおせんべいを買う。女たちは大喜びの下町散歩だ。

千駄木駅から根津駅に向って大きくくの字に曲ると、両側は飲食店がずらりと並んでいた。コーヒー屋、小料理屋、レストラン、甘味処《かんみどころ》、スナック、天ぷら屋等々――。ここでコーヒーを喫《の》んで一休みする。

飲食店街をぶらぶら歩きながら、吉村の目的は根津駅近くの串揚《くしあ》げの「はん亭」。古い三階建の木造家屋で、一階には蔵があり、蔵の中も客間になっている。昔は下駄《げた》のつま革を作っていたという。「はん亭」には、編集者の方たちを誘ってよく来ていた。「週刊ポスト」のグラビア「作家吉村昭の東京郷愁のたたずまいの店散歩」の扉のページは「はん亭」を、次のページには谷中の喫茶「カヤバ珈琲《コーヒー》」、西荻窪《にしおぎくぼ》の小料理「みゆき」などを紹介しているが、いずれも古い木造建築で、「カヤバ珈琲」はミルクホールと言われていた頃、芸大の学生がよく来ていたという。

日暮里、谷中は、鷗外《おうがい》や白秋が住んでいたし、子規が病室兼書斎と句会の場としていた子規庵もあり、このあたりは多くの文人や芸術家が好んでいた情趣に富む土地であると言っていた。

吉村が亡《な》くなる前年、荒川区長西川太一郎氏が役所の方たちと訪ねて来られて、吉村昭文学館を建てたい、と申し出られた。区長は文学中年で、吉村の著書のサイン会にも来ておられる。

吉村は驚いて、そんなものを建てたらのちのちも維持管理費がかかり、それは区民の方たちの税金だからとんでもない、と固辞した。日暮里駅の近くの小ぢんまりした図書館に吉村昭コーナーが設けられているから、館長さんに挨拶《あいさつ》に行って来い、と日暮里で繊維会社を経営している次兄に言われ、吉村は早速挨拶に行って自筆原稿や万年筆を寄贈した。編集者の方たちにも見て貰っていて、これで充分だ、と思っていたのだ。

西川区長はなかなかあきらめないので、吉村は台東区の中央図書館内にある池波正太郎記念文庫ぐらいのものだったら、と返事をした。

部屋のコーナーに執筆する机と椅子《いす》が置かれており、ガラスケースの中に自筆原稿が展示され、あとは全部書棚で氏の著作がびっしり並んでいる。

自宅の母屋《おもや》の書斎は本や資料があふれ返り、本人は書斎から追い出されるように庭に別棟の書斎を建てた。三方の壁は床から天井まで書棚で、東側の窓の脇《わき》も書棚である。窓の前に長い長い造り付けの机があり、資料を広げられるようになっている。

荒川区には、まずその厖大《ぼうだい》な資料の書籍を運び出して貰った。段ボール箱に百七十箇あった。私が会津戊辰《ぼしん》戦争（「流星雨」）や八丈島に火付けの罪で吉原から流されてきた遊女の話（「黒い潮」）を書いた時も、吉村の資料が大いに役立った。私の死後は宝の持ちぐされで、荒川区が保管して下されば活用して貰えるだろう。

西川区長は再選され、文学に親しみ、文学を育《はぐく》む空間として、図書館、文学館、子ども施設の三つの機能を持つ複合施設設立が進められた。資料を整理管理する学芸員の方たちも充実している。

平成二十九年三月に開館する複合施設「ゆいの森あらかわ」の中の「吉村昭記念文学館」となり、吉村が愛してやまなかったふるさとに、かれは帰ってくるのである。

ゆかりの街

長崎造船所を吉村が初めて訪れたのは昭和四十一年の春で、それは戦艦「武蔵」の取材のためだった。それまで夫婦は十五年間同人雑誌に小説を書き続けていて、吉村は芥川《あくたがわ》賞候補四回、私も直木賞候補三回、芥川賞候補に一回選ばれたが、いずれも落選していた。

私が昭和四十年に芥川賞を受賞した時、吉村に兄の会社を辞めて執筆に専念してくれ、と言った。勤めていても書けるから、とかれは言ったが、中小企業ながら専務取締役を務めていたかれに、時間的な余裕は全くなかった。

兄は、一年間休みをやるからその間にどうにもならなかったら戻って来るように、と言ったという。一年間という期限を切られた吉村は死物狂いになり、純文学の文学賞の公募などなかった当時、筑摩《ちくま》書房が設立した太宰治賞の第二回目に「星への旅」を出して受賞した。一回目は該当作なしだったので、初めての受賞作である。

その当時三菱重工業発行のＰＲ誌「プロモート」の編集をしていた親しい友人山下三郎から「武蔵」の厖大な建造日誌の写しを渡されて、是非書くようにと、とすすめられたのである。

吉村はその時の困惑を、小説は窮極的に人間を描くものであるべきなのに鋼鉄で組立てられた物にすぎない軍艦など書く気はなかった、とのべている。しかし、調査をしているうちに、「武蔵」を書くことは建造に従事した多くの人々を描くことだと思うようになり、戦争を歴史の深いひだの中に埋没させぬために事実を忠実に追い求める必然性を感じるようになったようだ。

かれは同人雑誌時代から亡くなる迄の五十年余に夥しい短篇、長篇を書き遺《のこ》したが、冨士霊園の文学者の墓に刻む代表作は何だろう、と親しい編集者の方たちに相談したところ、みな口を揃《そろ》えてそれは「戦艦武蔵」でしょう、と答えた。

同人雑誌作家に過ぎなかった吉村が、一流の文芸雑誌「新潮」に四百二十枚一挙掲載の作品を書き上げた時、精根尽き果てて立ち上れなくなり、笑いながら這《は》うように蒲団《ふとん》の中に倒れ込んでぶっ通し眠り続けた。かれにとって初めて書いた記録文学が、誰もが認める代表作なのである。

「戦艦武蔵」は九月に出版されると、初版部数も新人としては異例の二万部で翌日には三万部に訂正され、十月中旬には十一万六千部にも達した。亡くなったのちも文庫の新装版が出版されてまだ売れ続けているのは呆《あき》れたことである。

造船所の史料館には本来ならば自筆原稿を収めねばならないのだが、各地で催される文学回顧展で、その土地を舞台にした作品の原稿の他に必ず「戦艦武蔵」を、と依頼されるので、手許《てもと》に置いておかねばならず、吉村がいつも締切前に書き上げた原稿を蔵《しま》っていた金庫の中に入れてある。

長崎県立図書館長の永島正一氏は、長崎放送のラジオ番組で、五千四百回も長崎の歴史について語っていた方で、吉村が長崎に深くかかわるようになったのは、豊富で貴重な書籍を保持している長崎県立図書館の永島正一氏と本馬貞夫《ほんまさだお》氏のおかげである。鎖国後、唯一《ゆいいつ》海外からの文化がはいってきた港長崎は、歴史小説を書く上で殆どかかわってくるのでそれだけ足を運ぶことになったのだが、異国の文化の魅力と、食物のおいしさと、人情の篤《あつ》さに惹《ひ》かれてもいた。

百回目には、長崎県知事から〝長崎奉行〟の表彰を受けて出版社の担当者たちも大勢参加し、百五回目の平成十五年には「長崎来訪一〇五回記念企画展　吉村昭　歴史小説の世界」の展示会と特別講演会が催された。テープカットに私も参加している写真がある。

観光スポットはもう歩き飽きてしまった私は、春徳寺の東海さんの墓まで見た。タクシーの運転手も知らなかった東海さんの墓は、中国からの帰化人で親孝行な東海さんが建てたべらぼうな規模の墓である。長崎では長期間かかる工事を「東海さんの墓ごたる」と言うと旅の雑誌で読んだ。吉村はそんなものを見て小説の足しになるのか、と呆れていた。

吉村も永島氏の案内ではじめに一通りの長崎観光はしたようだが、あとは図書館と古書店（御主人が亡くなって閉店）と取材先。立ち寄る店は筆圧とペンの傾け具合でぴったり好みの万年筆を出してくれ、ペン先の修理をしてくれるマツヤ万年筆病院、アンティークコレクションが見事な喫茶店銀嶺《ぎんれい》、お気に入りの中華料理店福寿、思案橋界隈《かいわい》

のおでん屋はくしか、クラブボンソワールなどで、吉村が蒸発したら、
私はただちに長崎へ飛び、思案橋あたりで見つける自信があった。

真珠と蠟燭《ろうそく》

北海道立文学館で、「吉村昭と北海道——歴史を旅する作家のまなざし——」の展示会が企画された時、取材の折にお世話になった副館長の平原一良《かずよし》氏に、長崎には百七回行っています、と言ったら、北海道へは百五十回以上です、と言われた。幕末を書く場合には長崎がかかわってくることが多いのだが、長崎を舞台にした作品は四作ぐらいしかない。しかし、北海道は二十作以上もあると氏は言う。幕末のいくさから敗戦までの幾多の戦争、監獄、漂流、羆《ひぐま》——。素材を得ると

「また蝦夷地《えぞち》か」と思うと書いている。

次に多いのは宇和島だが、何回ぐらい行ったのか本人に聞くすべはないし、私も行く度にお目にかかっていた市立図書館長の渡辺喜一郎氏は亡くなられたのでわからない。長崎には私も半分ぐらいついて行っており、宇和島も二十回ぐらいは行っていると思う。

夫婦で旅行したいと思えばかれの取材について行くしかないのだが、宇和島に関しては私自身、真珠養殖の取材に屢々《しばしば》行っている。夫について初めて宇和島へ行った時、日本一の真珠の産地だと知って吉村を問い詰めると、次の講演の時に浜で揚ったばかりの真珠を買ってきてくれた。真円で八ミリ以上もある真珠は少く、市場に出す前に脱色、染色、艶《つや》出しなどの加工をするので、真珠を固定するための穴があいている。吉村の買ってきたのは浜から揚ったばかりの完全無欠の美事な花珠《はなだま》で十ミリあった。指輪の加工を頼んだ業者が驚いたものだ。

真珠養殖は三重県の鳥羽が有名で私も見に行ったが、海が美しい宇和海のほうが上質で大きい珠を産するという。真珠は固く閉じたあこや貝をこじ開け、メスで真珠となる核に小さく切った外套膜《がいとうまく》のピースを密着させて挿入する手術をし、海に吊《つ》り下げられる。メスで肉を切られ異物を入れられた貝が、分泌液《ぶんぴつえき》を出して巻き込むわけだが、痛みに堪えかねた貝の涙が真珠であると私は思った。

ようやく核を分泌液で巻き込んで馴染《なじ》んだ頃海中から引き揚げられ、一瞬のうちに貝柱を切られて真珠を取り出される。「海の星座」は「サンデー毎日」の昭和五十九年一月一日号から三十三回にわたって連載し、十一月に毎日新聞社から出版された。

吉村の小料理屋やバーの電話番号を記した手帖《てちょう》の地方篇には、やはり北海道、長崎、宇和島が圧倒的に多い。宇和島は小料理屋やバー、うどん屋、かまぼこ屋など十軒ばかり記してあり、その中に〝無名の、朝だけのうどん屋〟というのがある。朝、川のほとりに立っていて、人の出入りする民家を見定めてはいる。朝だけ営業しているうどん屋である。

天然うなぎを捕って食べさせる店へ行った時には、海岸に沿ってタクシーを長距離走らせた。うなぎ捕りの男を書いた「闇《やみ》にひらめく」を原作にした映画「うなぎ」は、今村昌平《しょうへい》監督で台本は読まなかったが、カンヌ国際映画祭で大賞を受賞した。しかしテーマの視点が異っていて、吉村は試写会の時何となく釈然としない顔をしていた。

私が地域別に整理した百冊あまりの薄型のポケットアルバムの中で、宇和島の一番古いものは昭和五十四年で、私が同行した時写したものだが、これよりも早い時に行っている筈《はず》だ。六十三年のアルバムは、各出版社の担当編集者の方々を誘って松山市から伊予鉄道のサロンカーに乗っている。

吉村は現地に直行するからいつも松山へ飛行機で飛び、松山から予讃本線で宇和島へ行っていた。せっかく松山に着くのに、松山城も道後温泉も私は知らなかった。サロンカーでビールを飲みながら、私は砥部《とべ》でやきものを見たい、内子町にも寄りたい、と言った。

内子町は土蔵造りの多い古い家並が続き、代々蠟を製造している家が多く、和蠟燭製造元という看板が立っていて、全国に出荷している。内子座という畳敷の古い芝居小屋には絵看板が並び、幟《のぼり》が出ていた。

藤堂高虎《とうどうたかとら》が築城した宇和島城の端正な天守は国の重文である。渡辺図書館長の案内で急な石段を登った天守から町と海を見下した眺望は素晴しかったが、吉村は登ったことがない、と渡辺さんは笑っていた。

高野長英《たかのちようえい》は、幕府を批判して捕えられ、脱獄して全国を逃げ廻ったが、宇和島の川のほとりの屋敷にひそんでおり、藩士たちに蘭学《らんがく》を教えていた。宇和島藩主は長英の学問を尊重していたのである。吉村はあのあたりに長英がいたのだろう、逃げる時に川に降り易い、と対岸を指差して言っていた。

かれは長英の取材で何度も宇和島を訪れているが、名所旧蹟《きゆうせき》には無関心で、初代・伊達秀宗《だてひでむね》入国以来の文化財四万点を収蔵している伊達博物館も、七代宗紀《むねただ》が隠居所として建てた池泉廻遊式庭園も見ていないだろう。かれが親しい人を連れ歩くのは珍しい宇和島料理の店々や、鄙《ひな》には稀《まれ》なバーなどであった。

この地に眠る

先年三月の彼岸に、嫂《あによめ》から電話がかかってきた。

「いま越後湯沢に来ているのよ」

「え？　何で今頃？」

「今頃ってお彼岸じゃないの。昭さんのお墓におまいりに来たのよ」

お墓まいりと言っても、お墓は雪の中だ。嫂は、スキー場のある山の上のNASPAニューオータニを予約して来たが、深い積雪でお墓まいりどころではない、と言う。あたりまえだ。越後湯沢はスキーシーズンである。冬はスキーに来るところで、墓まいりに来るところではない。

上越新幹線が越後湯沢に停り、バブルのピーク時には周辺の丘陵に新しいマンションが幾棟も建ち始めた。スキー目的だから山の斜面に建っていて、ここに住む人は食事に出かけるのも大変だろう、とひとごとながら心配になった。

昔は、駅前広場にタクシーやバス乗場があり、郵便局、銀行、公民館、町役場、商店街がある普通の町だったが、新幹線が通ってから駅の反対側に温泉街が出来て、当時の賑《にぎ》わいは大変なものだったようである。行きつけの店の主人の話では、黙っていても客が押し寄せるから飲食店の人が愛想が悪いのはその名残りだ、と言っていた。日用品や食料品を買う時も実に無愛想で、私たちはそういう気質の土地なのだろう、と気にかけないことにしていた。

このあたりには、苗場、湯沢高原、神立《かんだつ》、土樽《つちたる》、中里、岩原《いわっぱら》など、本格派のスキー場揃いで、ＮＡＳＰＡ近くに加山雄三《ゆうぞう》のスキー場があったときは、かれがスキーをしているポスターがＰＲになっていた。新幹線が湯沢の次のガーラ湯沢に停るようになって、ひところは日帰りの出来るスキー場として賑わったものである。

もっとも私たちはスキーが目的ではないから、雪のないシーズンのほうがいいが、温泉街は道の中央に湧水が出ていて雪をとかし、歩くのに不自由はない。飲食店の入口の左右に屋根から下した雪の山が出来ていて、その間々に店の灯がともっている風情《ふぜい》もいいものだ。

私は文壇が大移動する軽井沢に憧《あこが》れていたが、井《い》の頭《かしら》公園に隣接していた自宅の土地を軽井沢のようだ、と気に入っていた吉村が湯沢のマンションを買う気になったのは、これら軒並みの飲み屋が理由である。しばしば行っている店でも、誰もかれを小説家だと知っている人はいない。それが気楽ででもあっただろう。

何と言っても湯沢は川端康成《やすなり》の町である。町で川端康成の名前を知らない人はいない。駅なかは以前とは全く様相が変って、ブックセンターやレストランや、すし屋や、ビュッフェ、さまざまな土産物屋がぎっしり並んで別の駅かと思うほどだが、以前は改札口を出ると日本髪を結ってマントを羽織り、藁《わら》の雪靴をはいた駒子《こまこ》の人形が目につくくらいだった。

温泉街にある歴史民俗資料館は雪国館と名称が変り、駒子の部屋もある。駒子のモデル松栄がいた置屋「豊田屋」を移築したものだそうだ。川端康成が宿泊した町の高みにある旅館高半《たかはん》には、「雪国」を執筆したという〝かすみの間〟や、「雪国」関係の資料展示室があり、入場料を払えば見学出来る。

吉村は当時の町長と時々一緒に飲んだりしていて、町営墓地に墓を建てたいと話していた。湯沢ならマンションがあり、恐らく息子たちも来ると思っていたのだろう。

和紙に筆で〝悠遠〟と書いた文字を自然石に彫った墓が出来、町長はその脇に吉村の経歴を書いた石碑を建てたいと言っていたが、吉村はそんな必要はないと笑っていた。吉村が亡くなってから、私はそのスペースに水仙の球根を植え、遅い桜と同時に水仙が咲く。七月の命日には大輪のカサブランカが咲く。

吉村の墓が越後湯沢にあるということを知っているのは、親戚《しんせき》と友人たちと、担当編集者のみである。かれの極めて熱心な読者は、湯沢へ行けば誰に聞いても吉村の墓はわかると思って新幹線に乗って来てくれるが、吉村昭の墓など駅の案内所も、町役場も知らない。有難い読者は、吉村の行きつけの〝しんばし〟というそば屋の名前まで知っていてそこで聞くので、しんばしの女主人は車で墓へ案内してくれているらしい。

文芸雑誌のグラビアで、吉村の墓の前に配置した石に腰掛けている私の写真をのせることになり、編集者たちが墓まいりをしてくれた時、今の町長が花束を持っておまいりに来て下さった。そういうきっかけがあったからか、霊苑《れいえん》の正面入口と、霊苑に沿った脇の道に吉村の経歴を記した立看板が建てられることになり、町役場から「作家　吉村昭氏　この大野原霊苑に眠る」という題辞のついた略歴を書いたものを送ってきたので、それに手を入れて吉村と湯沢とのかかわりを書いた。

吉村昭氏は、清冽《せいれつ》な感覚の短篇小説と多くの歴史小説を残されました。

作品に登場する歴史上の人物は、困難に立ち向かい信念を貫いた生き方を私たちに示してくれます。

氏は常に綿密な調査と自分の足で現地を徹底的に歩き、埋没していた史料を発掘して多彩な作品を発表され続けました。旅行はすべて小説を書くための取材だったのですが、湯沢町だけは仕事を忘れ憩《いこ》いのために訪れておられたのでした。氏が通っていた店々の主人は、出された越後の酒や料理を褒めながら、親しく語り合ってくれたと懐《なつ》かしんでいます。

湯沢町

吉村昭氏、湯沢をこよなく愛し、生前墓所として決めたこの地に眠る。

二人の出発点

とりわけ寒かった一月、二月が漸《ようや》く過ぎて、気がつくと吉村の書斎の前に植えた紅梅がいつの間にか七分咲きになっている。かれが毎日通っていた離れの書斎の前に植えた紅梅で、母屋の二階の書斎で仕事をしている私に、屋内電話で、

「おーい、鶯《うぐいす》が来ているよ」

と報《し》らせてきた紅梅である。

吉村が亡くなって、二人いたお手伝いも郷里に帰し、私一人になっ

たので家を壊して娘一家との二世帯住宅に建て替えたが、吉村の書斎はそのまま残してある。以前の家の二階には、子供たちの個室やお手伝いそれぞれの個室、夫婦の書斎、応接間、寝室などが並び、階下は家族の日常生活部分で南側の通路に面している横に長い建物だったが、建て替えた時に私の暮らす部分は井の頭公園の林が見えるように鉤形《かぎがた》にしたので、リビングから、庭の書斎もよく見える。

前年植込みの中に紅色の毬《まり》のような花が咲いていて、近づいてみたら紫陽花《あじさい》だった。こんな紅色の紫陽花は見たことがなくて驚いたが、今年の紅梅の色もなぜか例年よりも色が濃い。

私たちは結婚以来、毎年浅草寺に初詣でに行っていたが、年々参拝客がふえて仲見世など歩けなくなり、日暮里の諏方神社へ詣でるようになった。諏方神社の近くに、太平洋美術会があり、高村智恵子《たかむらちえこ》の男性が描いたような力強いデッサンが飾ってあったりする。太平洋美術会は智恵子が油絵の勉強に通っていた頃は太平洋画会研究所として同じ場所にあり、「智恵子飛ぶ」の取材の時に当時の空気が感じられて参考になった。

初詣でのあとは、ホテルラングウッドのティールームへ寄った。このホテルの近くに吉村の両親の隠居所があり、町は全焼したが庭に埋めておいたドラム缶の中の愛読書は無事だったという。日暮里は吉村のふるさとであり、吉村が勤めていた次兄の会社があった。

吉村は男ばかりの六人兄弟で、昭和二十八年に私と結婚するにあたって三兄の紡績会社に勤めた。だがせっかく生活の心配をしてくれたのに、定時に出社し定時に退社して、帰宅してから小説を書こうとしても醗酵《はっこう》する時間がない、と退職してしまった。紡績の知識を生かして自分で商売を始めたが手形が不渡りになり、代りに山のように送られてきたメリヤス製品を売るために夫婦で東北、北海道を転々とさすらったことがある。実家では行方のわからなくなった私を心配して夜も眠れなかったという。そんな男とすぐ別れなさい、と言われた時、私はあの人はひょっとするとひょっとするかも、と言ったらしい。

帰京後、吉村は日暮里で繊維会社を営んでいる次兄の紹介で繊維組合の事務局長になり、その間同人雑誌に書いた「鉄橋」が第四十回芥川賞候補になった。三十六年に勤めを辞め、再び小説を書き始めて「透明標本」が第四十六回芥川賞候補になったが、生活に窮して、次兄の会社に勤めることになった。

専務取締役になったかれは、呉服や宝石の割賦《かつぷ》販売する部を設け、椿山荘《ちんざんそう》などで展示会を開いた。高額な商品を扱うのにこうした販売方法は当時劃期的《かつきてき》な商法で、会社の業績は上り、宝塚劇場を借りて福引きをしたほどである。吉村の兄弟たちは大なり小なりに事業をしており、吉村もそういう血が流れているのか、と私は呆気《あつけ》にとられていた。もっともその間は、創作どころではなかった。

私が吉村と行商の旅をした時のことを書いた「さい果て」が、「新潮」昭和三十九年十二月号に掲載されて第十一回新潮社同人雑誌賞を受賞し、第五十二回芥川賞候補にもなって、翌昭和四十年に「玩具《がんぐ》」で芥川賞を受賞した。吉村は激務で納期だの手形だのと寝ごとにも言

うようになり、私は勤めを辞めてほしい、と言った。兄に退職を申し出た時、

「きっとおまえさんはそう言いに来ると思ったよ。小説を書くなんて生易しいことではない。一年間休暇をやるからその間に何ともならなかったら、会社へ戻って来なさい」

と言ったという。一年と期限を切られた吉村は、死物狂いになった。田野畑村出身の渡辺耕平氏に私の村は小説にならないかね、と言われ、三陸海岸を一人旅して「星への旅」を書き、筑摩書房が創設した太宰治賞を受賞した。ついで取材を始めていた「戦艦武蔵」四百二十枚が「新潮」に一挙掲載されベストセラーになったのは、新人として異例である。

私の土地勘

結婚した時は、池袋の駅近くにあった二階建モルタル塗りのアパートに住んでいた。アパートと言えば一室に流しが付いているタイプが普通で、二間あるのは珍しかった。

六畳と三畳の部屋に板の間があって、そこにガス台と流しが付いていた。二階の部屋は、電車が通る度に揺れた。それほど線路に近い場所だった。権利金三万円はとにかく、敷金が二十万円というのは法外な額で、吉村は気負っていたのだろう。

小説を書きたいために勤めていた三兄の紡績会社を退職し、そこで得た紡績の知識を活用して自分で商売を始めたが、戦後最大の不況で取引先の手形がみな不渡りになり、代りに送られてきたメリヤス製品を売り歩く放浪の旅に出た。アパートの敷金二十万円のうち十八万円が戻ってきた。

次に住んだのは練馬駅近くの一戸建の家の応接間である。昔文化住宅と言われていた家は、玄関脇に応接間としての洋室があった。家賃八千円が払えなくて、次に住んだのは小田急線の狛江《こまえ》の畠《はたけ》の中に農家が建てた木造アパートで、部屋数は七戸、部屋代は三千円だった。

手洗いだけではなく、台所も共同で、コンクリートの流しの脇の長い台に、一戸で一台の石油コンロを置いていた。このアパート時代に長男が生れ、乳母車に乗せて銭湯へ行くのが唯一の楽しみだった。

渋谷区幡ヶ谷《はたや》のアパートに転居したのは昭和三十二年で、吉村は次兄の紹介で繊維組合に就職、新宿のビル内にある事務所に通うようになった。島流しになったような淋《さみ》しい暮らしから、幡ヶ谷駅徒歩三分という町中の、今で言えば二DKにトイレの付いたアパートへ越した時は、嬉《うれ》しくてすぐ近くを通っている甲州街道へ車の往来を見に行ったりした。二十八年十一月に結婚してから、三十四年六月に東伏見に家を新築して移るまで、六年間にアパートを四度転々とした。

東伏見に土地が買えたのは、吉村が週刊新潮に書いた「密会」が日活で、私が丹羽文雄《にわふみお》氏主宰「文学者」の編集責任者石川利光《としみつ》氏の紹介で次元社から出版した「華燭《かしょく》」が「明日への盛装」というタイトルで松竹で殆ど同時に映画化され、その原作料がはいったからである。

東伏見の土地は、私が不動産屋の車に乗って探し廻った。都心に近く、東伏見稲荷の杜が南側に広がっている分譲地であった。アパート暮らしは浮巣のように落着かなく、私は定住出来る家が欲しかったが、吉村はアパートの生活は全く苦にならなかったようだ。

急行が停らず、ガスも水道も敷設《ふせつ》されていないから、駅に近い割合には地価が安かった。東伏見稲荷へ詣でる参道から折れた分譲地で、近くに商店などないが、私たちの手の届く範囲でこれ以上の物件はない、と思った。しかし吉村に見せても気乗り薄で、不動産屋は私に、「旦那《だんな》は買う気があるんですかい」と言った。私は杜に向かって傾斜している分譲地の、一番高台で道路に面した土地を買う、と約束した。

坪一万円で、五十三坪だった。私が決断しなければ、まだアパート暮らしである。

吉村が芥川賞の候補になった時、かれの次兄と三兄と弟が幡ヶ谷のアパートに駆けつけてきて、こんな所にいては世間体が悪い、金は貸してやる、と言った。三兄が保証人になってくれ、取引きしている信用金庫からお金を借りた。

水道がないのでヨイトマケのおばさんたちが井戸を掘り、家は姉の家の普請《ふしん》をした実直な大工さんを頼んだ。屋根を葺《ふ》く以外はかれ一人で十五坪の家を建てた。私は長男を姉に預けて、毎日のように東伏見に通った。夢のような日々だった。その後子供部屋を増築した二階から富士山が見え、一生ここに住むつもりだった。町役場から、ここに二十メートルの道路が通る、と聞かされるまでは——。

私は再び、毎日不動産屋の車に乗って土地探しを始めた。今度こそ終《つい》の住処《すみか》である。子供の通学を考えて中央線沿線を探した。中央線ならどこへ出るのも便利だと思った。だが、西荻窪までは地価が高くて到底手が届かない。玉川上水に沿った林に面した三鷹市に属する分譲地は、もと信託銀行の社宅だったという戦後の引揚者住宅のような十坪ぐらいの廃屋が何軒も建っている土地で、吉祥寺駅まで二十分、井の頭公園を横切れば十五、六分、吉村がお前の先祖は飛脚かと呆れた私の早足で十二、三分である。息子が東伏見から通っていた明星学園まで、当時はバスが通っていた。上水には、ほたる橋という名の橋があり、以前は狐《きつね》が出たという。

私は引揚者廃屋の向うが広大な林になっているのが気に入って、林沿いの二区劃を買う、と不動産屋にその場で言った。分譲地は真中に四メートルの道を通し、その左右を区劃する予定だったようだが、私が奥を続けて買うと言ったので、道路は私の家で行き停りになった。

吉祥寺はバス通りに、もみがらの上に卵を並べた卵屋や、鰹節を並べた店などがあった田舎町で、百貨店も、ファッションビルもなかった。東伏見の土地は十年で十倍の坪十万円になりそれを頭金にして、坪十八万円の井の頭の土地を百五十坪買った。二区劃契約したと言ったら吉村は驚いていたが、のちのち担当の編集者に女房の決断はよかった、と言っていたという。六月頃からひぐらしが鳴き始め、夏は油《あぶら》蟬《ぜみ》が鳴き、秋は鈴虫が鳴く。

吉村が膵臓癌《すいぞうがん》の手術をして退院して来た時、公園の林が見える一階の広間にベッドを入れた。窓から林をぬけてくる風がはいり、ひぐらしの声を聞いて心地よげであった。

都民が今一番住みたい町は吉祥寺だという。毎日郵便箱に、このあたりで土地を探していますという不動産のちらしがはいる。本当に本当です、と切実になってきている。

緊張の日

その思いがけない電話がかかってきたのは、平成二十五年六月十一日の一週間ほど前のことであった。電話があった日は正確ではないが、十一日が肝心なのである。

電話の主は荒川区長の西川太一郎氏で、その緊張した声音に、私も身構えた。

「突然のことで驚かれると思いますが、天皇陛下が荒川区立日暮里図書館に行幸になるという連絡がはいりまして」

区長が緊張するのは当然である。私は区長が何か聞き違えたのだと思った。

「陛下は吉村さんの『見えない橋』をお読みになったそうで」

私は電話が切れたあとすぐに「見えない橋」を読んだ。文藝春秋《ぶんげいしゅんじゅう》から出版されている短篇集で、七篇の短篇の巻頭に出ている作品である。内容は刑務所を出所した解放感から気ままな行動をとり、軽い罪を犯して刑務所へ戻ることを繰返す男と、その男を自立させるために尽す保護会の保護司の交流を書いた作品である。「見えない橋」というタイトルは、釈放者が社会に順応する迄《まで》の中間にある施設という意味である。

陛下が、保護会という施設と、保護司という仕事に関心を持たれることはあり得ると思ったが、図書館で催しているのは荒川区出身の吉村昭作品展で、特に記録文学、歴史小説が中心である。主要取材先を記した日本列島の地図が貼り出してあるのが目についたが、幼少の頃からの写真、愛用万年筆、取材ノート、自筆原稿などが展示されており、いつもの通りのかれの作品展と変りはない。

区長に連絡してきたのはどういう立場の人かわからないが、その人自身もなぜ東京都区内の区立図書館で催されている一作家の作品展に、天皇皇后両陛下が行幸啓されるかということは理解出来ていないのではないだろうか。

両陛下がお見えになるにしてはあまりにささやかな展示で、区長は急遽《きゅうきょ》隣の学習室を展示室にして展示をふやした。生前吉村の集めた書籍類を段ボール百七十箱分荒川区に寄託しており、死後も荒川区に預けておけば有効活用できるので、かれが取材した各地の資料、取材ノート、自筆原稿、写真等を追加したのである。自筆原稿は形見として、私は「戦艦武蔵」と「ポーツマスの旗」、息子は「破獄」、娘は「冷い夏、熱い夏」をそれぞれ持っているが、その他の原稿や資料は殆《ほとん》どは荒川区にある。地方で吉村昭展が催される時には、貸し出ししている。

前日の十日に、私は展示の最終チェックのため日暮里駅傍のホテルラングウッドに娘と泊った。娘は両陛下のお姿を、かげながらでも拝したい、と言う。展示には「関東大震災」と「三陸海岸大津波」関連の写真や記録が、「文学と天災地変」と掲示した一劃に大きなスペースを占めている。「関東大震災」の直筆ノートや、明治から今度で四回も大津波に襲われた三陸海岸の被災写真、吉村の講演記事、歴史はくり返すと書いた「わたしの取材余話」、かれが唯一建立《こんりゅう》を認めた「星への旅」の文学碑がある田野畑村の被災写真。これは村から、災害前の美しい田野畑村と被災した惨憺《さんたん》たる同じ場所の写真が何組も送られてきたので、対比して並べてある。

展示を見終ったあと、なぜ両陛下がこんな小さな区立図書館へ行幸啓なさるお気持になられたかに思い当った。両陛下は、三陸の被災地まで、わざわざ行かれて被害者たちにいたわりと励ましのお言葉をかけておられる。今回の災害に大変お心を痛めておられるのである。これは三陸のこれまでの災害と、今回の被災が全部わかる展示なのであった。一作家の作品展などではないのである。

六月十一日十時、荒川区は区役所の職員はもとより、区民一同が緊張の中を、陛下は定刻にお姿を見せられた。皇后様は体調がすぐれず、お出《い》でにならなかった。ただでさえ御公務が多過ぎるのである。皇后様の女官長は私の学校の後輩で、いつも著書は女官長を通じて献上しているので、田野畑村の災害を書いた作品も献上することにしていた。

吉村が生きていたら、両陛下の行幸啓をどれほど光栄に思い、感激しただろう。毎年芸術院新会員が選出されるが、授賞式当日の受賞者全員出席の宮中賜茶《しちゃ》御招待の後日、各部毎《ごと》のお茶会のお招きがある。吉村は第二部の部長で（一部美術、二部文芸、三部音楽・演劇・舞踊）、その年の文芸部受賞者を伴って御所に参上する。私が受賞した時に何と紹介したらよいか困って、この者は五十年わが家に住みついておりまして、本日も一緒に出てまいりましたと申し上げ、皇后さまが大変お笑いになったことを思い出す。

陛下は壁の写真やガラスケースの中を丹念に御覧になり、学芸員の説明をお聞きになられた。図書館には応接間がないのか御休憩の部屋は普通の学習室で、横長のテーブルの両サイドに図書館長と学芸員、陛下の前に区長と私と区議会議長が坐《すわ》り、御下問があればお答えしようと思っていたが、陛下はすでに展示を御覧になっておられるので、区長は吉村昭の文学室の企画について、私は、リアス式海岸が、なぜ津波の被害を受け易《やす》いのか、その特殊な地形と津波が襲ってきた時の状況を具体的に御説明した。

「こういうことはのちのち迄語り継がねばなりませんね」

陛下は仰《おお》せられた。

返ってきた原稿

思いがけない話だった。

以前吉村と私の毎日新聞社担当者で、今も大変親しい川合多喜夫《たきお》氏から電話があり、吉村さんの「ふぉん・しいほるとの娘」の原稿が出てきた、と言う。吉村の作品の数があまり多いので、私は題名を記憶していないものもあるが、これはかれの歴史小説の中で最も長い作品であり、「サンデー毎日」に連載して毎日新聞から出版された時に二段組の上下二巻で、しかもかなり厚いものであった。

原稿は「サンデー毎日」に連載していた時の担当だった棚部氏が保存していた。というより押入れに蔵っていたのが、この度押入れの整理をした時に出てきたのだという。とにかく川合氏が棚部氏と一緒に、原稿を届けに来る、という話で、委《くわ》しいことはその時に聞くことにした。

何しろこれは古い作品で、私は早速手許に置いている木村暢男《のぶお》編人物書誌大系41「吉村昭」を開いてみた。木村氏は吉村の研究に全力投球した方で、吉村は木村氏が編まれた年譜が送られてきた時、はじめストーカーにつけられているような気がすると笑っていたが、そのあまりに詳細・克明な記述に感銘を受け、自分の作品について書く時に木村氏の年譜を参考にしていたくらいである。

「生涯と業績」「著書・作品」「座談・対談・インタビュー・その他」「書評・関連記事」などと項目を立て、新聞・雑誌での対談・鼎《てい》談《だん》・座談会のテーマや、出席者、ラジオ、テレビ出演の折のテーマや聞き手、本人が忘れているような地方のタウン誌や、企業のPR誌などに書いたエッセイまで拾い上げてある。終りに索引が付いていて、あいうえお順に四十ページ近くある。

「ふ」の中からふぉん・しいほるとの娘を牽《ひ》くと、関連ページが二十一カ所あり、その他に〝ふぉん・しいほるとの娘　あらすじ〟〝「ふぉん・しいほるると」ノート㈠　史実と作り話〟〝「ふぉん・しいほると」ノート㈡　イネの異性関係〟〝「ふぉん・しいほると」ノート㈢　シーボルトとしいおその他〟などと、記載されている。

川合氏と棚部氏がタクシーで運び込んで来られた段ボール箱は、私の力では到底持てない重量で、サンデー毎日と印刷された青い紙袋に①第一回〜第十五回等と書かれたものから、⑩第百十五回〜第百二十三回（最終回）まで十袋と、あとがき六枚が茶封筒にはいっていた。私はそのボリウムを目にしただけで、どっと疲れが出た。よくまあこんなに書き続けたものである。一回十八枚の原稿の右上端をゼムクリップでとめてあるが、それが錆《さ》びて紙に食い込んでいる。

二人が帰られたあと、私は錆びついているクリップをさすりながら涙ぐんだ。一袋目には昭和五十年六月三日㊜と鉛筆で記されているが、棚部氏が受け取った時は原稿用紙も薄茶色に変色などしておらず、ゼムクリップもピカピカだったのだろう。

以前、原稿は原作者に返却していなかったのだが、平成十八年の日本文藝家協会理事会の折に、各社に対して必ず本人または遺族に返還するよう通達することになった。以来小説は戻るようになったが、エッセイ類は返ってこない例が多く、ましてＰＲ誌に書いた原稿などは殆ど返ってこない。

よく古書店の目録などに、文筆家や歌人、俳人の小説やエッセイや短冊《たんざく》や色紙、画家や書家の絵や軸などが出ていて、吉村は自分で買い戻したものもある。棚部氏が「サンデー毎日」の担当だったのは、昭和五十年六月からで、よくそんな昔の原稿が保存されていたものである。古書店や市場に出る作品は、恐らく担当だった人の遺族関係者が処分に困って売ったものだろう。

昭和五十年と言えば、吉村は四十八歳である。さきに記した木村氏の年譜によれば、四十九年に文芸雑誌からの作品依頼が多く、とあり、「展望」「別冊文藝春秋」「文芸展望」「別冊小説新潮」「オール讀物《よみもの》」に短篇を書き、月刊雑誌と新聞にも連載し、毎日新聞社と筑摩書房から長篇、短篇集、随筆集を出版している。

五十年には「群像」に短篇、サンケイ新聞夕刊に二月から「漂流」を連載、そして「サンデー毎日」に六月から「ふぉん・しいほるとの娘」の連載を始めており、その年文藝春秋から短篇集を、講談社から前年連載していた作品を出版している。

吉村は、シーボルトの娘いねは、お前が書くべきだ、としきりに言っていた。長崎には吉村が行く折々について行っており、エキゾチックな長崎の風物や埋め立てられてはいるがその跡をとどめている出島、シーボルトと出島のオランダ人相手の遊女其扇《そのおおぎ》との間に生れた混血児いねについては関心があった。

医学を学ぶために四国の宇和島へ行き、シーボルトの門人二宮敬作に師事して外科を学んだが、婦人科産科を学ぶようにに二宮にすすめられて石井宗謙《そうけん》に弟子入りをする。宗謙はいねの美しさに理性を失いいねを犯す。いねは他人を一切近づけず、一人で粗末な小屋で胎児を取り上げ、タダと名づけた。日本で初の女医であるいねは私の題材だと言うのだ。

いねの生涯だけなら書けるだろう。しかし、吉村が書いた作品は国外追放となったシーボルト事件に及ぶ厖大《ぼうだい》なものであった。夥《おびただ》しい資料を蒐集《しゅうしゅう》し、徹底した調査をして、二千二百数十枚にもなる大長篇を書き上げたのである。

桜　さくら

井の頭公園は、都内有数の桜の名所で、盛りの頃は池に架かる橋を渡るのは容易ではない。だが、橋からの眺めは最高なのである。池の周囲に植えられている桜は、額縁のように両岸を飾り、枝はすこやかに伸びて池の面に垂れ、両岸が狭まって神田川に流れ込むあたりまで続いている。

池の周囲は会社の新人社員が朝からシートを敷いて場所取りをしており、昼間から桜の下で宴会が始まる。娘が勤めていた会社の仲間たちが来ていた頃は、夫と一緒に一升壜《びん》を届けに行くのが習いだった。

私が最初の家を建てる土地を探しに不動産屋の車に乗って走り廻っていた時も、桜の季節だった。西武新宿線の東伏見駅に降りると、線路沿いの道が東伏見稲荷《いなり》神社の参道になっており、大きな鳥居があった。その参道の途中から右に曲ってゆるい坂を上った稲荷神社の杜《もり》の真裏の高台の角地を買った。参道も桜並木だった。

東伏見は急行は停らないが高田馬場で山手線に乗り継ぐことが出来、西武新宿駅が出来てからは、吉村が勤めていた繊維組合の事務局があった厚生年金会館近くのビルへ通うのに好都合だった。帰りには新宿三丁目の飲み屋街や歌舞伎町界隈《かぶきちょうかいわい》を梯子《はしご》して飲み歩いていた。

土地を買った当時はガスも水道もなく、無論電話も通じていなくて、隣の町まで電車に乗って行かねばならなかった。結婚以来アパートを転々として、六年間に四度引越しをしたから、とにかく土地を買って家を建てなければこんな浮巣のような生活から脱け出せない、と私は思い詰め、ガスも水道もないことなど意に介していなかった。稲荷神社の参道が桜並木であることが、私の心をはずませていた。

吉村は引越す度に新しい土地が珍しくて喜んでいたが、私は地価が安いことをしきりに言っても家を建てる決心がつかぬ様子で、不動産屋が、

「旦那、土地を買う気があるんですかい」

と焦《じ》れたほどである。

子供部屋を建て増し、二階を増築したりしたのに、町役場からこの

分譲地の中を二十メートルの高速道路が通る、という説明会があった。近隣の人たちは間際《まぎわ》になるまで動く気はないようだったが、私は落着かない気持になり、また不動産屋の車に乗って今度は中央線沿線を主として探し廻った。

吉祥寺は今でこそ東京で一番住みたい町、などと言われるようになり、毎日郵便箱に不動産屋のチラシがはいっている。〝求めています売却不動産〟〝土地、戸建、マンション高価買入〟などとあって坪数や価格が書かれている。〝大切なご所有不動産のご相談は弊社にお任せ下さい。（井の頭に）こだわります。秘密厳守！　無料査定実施中！　当日の査定承ります〟などなど——。

電車の数が頻繁な中央線の開かずの踏切を以前小説の場面に取り入

れたが、線路は高架になり、その下のビルの一階は和洋菓子屋やベーカリーや食品店など、二階は香料、化粧品、花屋、ファッション小物、文具、書店などがびっしり並んでいる。もみがらの上に卵を並べている店などない。吉祥寺駅そのものも長い間改築中で、高層ビルが近々オープンする。一番住みたい町吉祥寺に住むようになるとは、思ってもいなかった。

不動産屋に案内された引揚者住宅のような社宅が何軒もくずれかけている敷地を見た時、私は井の頭公園の林に隣接している一番奥の二区劃を、その場で予約した。吉村に報告すると、どうやって払う気だ、と驚いたが、あとになって買っておいてよかったと担当編集者に言ったという。

朽ちかけた社宅はイメージは悪かったが、敷地の脇《わき》の道路に生えている三本の桜に私は気をとられていた。抱え切れない太い幹から伸びている枝は沢山の花をつけ、ピンク色に天空に霞《かす》んでいた。いい桜ねえ、と言うと、吉村は呆《あき》れて桜を買うのではない、と言ったが、そのうちの二本の幹に、「三鷹《みたか》市保存樹」という札が巻きつけられていることに気がついたのは、最近のことである。

兎《うさぎ》追いし

現在住んでいるのは三鷹市井の頭で、今でこそ毎日のように郵便箱に、井の頭に土地、中古住宅、マンションを探しています、と驚くような買い取り価格の不動産屋のチラシがはいっているが、吉祥寺駅から歩いて二十分近くかかり、当時周辺には何もなく、近くの太宰治が入水《じゅすい》した玉川上水は水が流れていなくて、古自転車が捨ててあったりした。

家を建てると、吉村は早速池を掘って錦鯉《にしきごい》を飼った。六畳一間の狛江のアパート時代に、茶簞笥《ちゃだんす》の上の水槽で鱮《たなご》を飼っていた吉村は、本当は鯉が飼いたかったのである。

文壇ゴルフが盛んな時代だったが、夜の街で飲むしか楽しみのなかったかれが、水を循環させ酸素を送るポンプを備えたプールのような池に放った鯉は、新潟県の錦鯉の産地から取り寄せたもので、美しい色彩の斑紋《はんもん》があり、お気に入りの二、三尾は品評会に出せる、と編集者に自慢していた。私が鯉屋さん、と言っている若者が月に一度餌《えさ》を届けに来て、ポンプの工合を調べて行く。

馴《な》れてくると、鯉は手から餌を食べるようになった。指を吸ったりするので、吉村は可愛《かわ》いくてならない様子である。かれは、仕事に疲れると鯉を見に池の傍に来る。優雅な趣味ねと私は笑いながら言い、かれの一面を見た気がした。二十日鼠《はつかねずみ》や金魚のような小動物が好きだと思っていたが、アパートでは小動物しか飼えなかったのだ。

鯉を飼うようになって、公園に捨てられた猫が来るようになった。鯉は人に馴れているから、猫が近づいても恐れない。吉村は猫を近づけぬために犬を飼うことにした。私は庭のある家を建ててから、犬が欲しかった。子供たちも、鯉などより犬のほうが相手になるので嬉しくて、よく遊んだ。

吉村にとって、犬は猫よけの鯉の番犬である。時々犬を散歩に連れて行くが、表の門から出て、何軒か御近所の家が並ぶ道を廻って裏口から帰って来る。

「散歩と言っても、これじゃあ寝た子を起すみたいだわ」

と私は呆れるが、庭に放し飼いにはなっているものの、門の外へ出るのは嬉しい様子だった。獣医師磯部さんがフィラリアの予防注射に来ると、吉村の読者だから注射より話し込んでいる時間のほうが長い。御自分でも「動物医者の独り言」を自費出版し、最近も「動物病院を訪れた小さな命が教えてくれたこと」を現代書林から出版された。四十日間意識不明だった飼主を、枕許《まくらもと》で顔をなめるなどして目覚めさせた犬の話や、飼主に犬ががんを患《わずら》って助からないと伝えると、一緒にいたその犬が車に飛び込んで自殺する話など動物の生き死ににかかわる仕事をしている磯部さんの筆は冴《さ》えている。

「お宅のハッピー（娘がつけた名前）はしあわせな犬だなあ。放し飼いされているのは最高に恵まれているけれど、芸も覚えなくていいし、コートを着せられたり、フリルのスカートを穿《は》かされたりしないから、いつまでも若い」

と言う。つまりそれは私がかまってやらないからだ。

ハッピーは雑種だったが、コニーというセッターを飼ったことがある。セッターは鳥猟犬で、吉村の親しい友人の山下三郎氏が連れて来たのである。彼は猟犬としてコニーを飼っていたがフィラリアになって腹水がたまり、猟に使えなくなったから環境のいいお宅で療養させてやってくれ、と勝手なことを言う。

しかしコニーの訓練のいいこと。伏せ、と言えばいつまでも伏せをしているし、飛べ、と言えば玉川上水を飛び越える。餌もよし、と言うまで食べない。時々磯部医師が連れに来て、腹水をぬいてスマートになって嬉しそうに帰って来る。庭の公園に面した境を緑色に塗ったフェンスにしたのは公園続きに見えるからで、時々その傍に坐って林を見ていることがある。

「兎追いしあの山――と猟をしていた元気な頃を思い出しているんだろうな」

と吉村が言った。

いよいよ病気が重くなり、磯部医師が安楽死させる、と連れに来た。コニーは腹水をぬいて貰《もら》えると思い、嬉しそうに車に乗って行った。

転転流転《るてん》

一戸建の家に住みたい、という私の願いは、あまりに転転とアパートを移ったからである。妹は結婚した当初夫の転勤先の神戸に住んでいたが、東京に帰って来て新宿のマンションを買って以来四十年も同じマンションに暮している。私は一戸建にこだわったわけではない。これ以上居を移すことが煩《わずらわ》しかったのである。

文芸部で知り合った吉村は、私の短期大学部卒業と一緒に大学を中退して、兄の紡績会社に勤めるようになったのだが、定時に出勤し、定時に退社する勤めは一日中体を拘束されて小説が書けない、酒でもパン種でも醱酵する時間が必要だ、と退職してしまい、自分で商売を始めた。

かれは紡績会社にいたのでその知識があり、山形のメリヤス工場と取引きをしていたのだが、戦後最大の不況と言われた時代で、支払われた手形が全部不渡りになり、その代りに送られて来たメリヤス製品を東北、北海道各地を放浪して売り歩いた話が私の小説「さい果て」となった。

その後室生犀星《むろうさいせい》ファンや物を書いている女性たちが室生家に出入りしているということを聞きつけた私は、おずおずとお訪ねした。原稿を取りに来る編集者もみな女性だった。

当時新人の作品を出版していた光風社という出版社が、同人雑誌に書いた私の作品に目をとめてくれ、室生犀星氏と面識があるならば出版するにあたり氏の序文が戴《いただ》けないか、と言った。光風社から「さい果て」を含めた短篇集「浮巣」が出版されたのは、昭和三十五年である。

私たち夫婦は池袋の二間続きのアパートから練馬の一戸建の家の玄関脇の応接間を借り、その家賃も払えなくなって、小田急線の狛江の農家が畠の中に建てた平家木造アパートに移ったのが昭和三十年、そこで長男が生れて、京王線の幡ヶ谷駅から三分の二階建アパートに移ったのが三十二年、水道もガスもない北多摩郡保谷《ほうや》町の東伏見の土地を買って、漸く十五坪の家を建てたのが昭和三十四年、増改築したのに、この一帯に二十メートルの道路が通るので立退《たちの》きしてくれと役場に言われたのが昭和四十四年。現在住んでいる井の頭公園の林に隣接した土地に家を建てるまで昭和二十八年の秋に結婚して以来、池袋、練馬、狛江、幡ヶ谷、東伏見、井の頭、と十六年間に六カ所移住している。

庭にコンクリートのプールのような池を掘った時に、私はもう少し風情《ふぜい》のある池がいい、と言ったのだが、鯉を飼うのはなるべく凹凸のないシンプルな形がいいと業者は言う。子供が泳げるほど深い。実際に鯉が届く前には、子供が泳いだりしていた。隣家との間は竹垣で、坊やが枝折戸《しおりど》を開けてよく遊びに来ていた。犬もいるし、鯉もいる。

台所も手洗いも共同だった狛江のアパートから、よくこれだけの家が建てられる生活になった、と私はこれまでの転転流転の生活を思い浮べた。

隣の坊やが池の鯉をのぞき込んでいる時、池に落ちた。鯉が馴れているので面白かったのだろう。子供は頭が重いのである。

庭に建てた書斎にいた吉村は飛び出して来て、坊やを引き上げた。別状はなかったが、かれは隣家に謝りに行き、池はすぐ水をぬいて埋め立ててしまった。吉村の唯一《ゆいいつ》の楽しみは潰《つい》えてしまったのである。

黒部ダム（その一）

黒部ダムへ行かないか、と曽野綾子《そのあやこ》さんから電話があった。なんであなたがくろよんなの、とたずねると、以前ダム工事のことを小説に書いているから、関西電力から連絡があったと言う。

突然の話だったが、あとでわかったことは平成二十五年に黒部ダム完成五十周年、平成二十六年は関電トンネルトロリーバス開通五十周年だったのである。曽野さんが私を誘ってくれたのは吉村が「高熱隧道《ずいどう》」を書いているからだろう。

「行ったことはあると思うけど、もう忘れていると思ってね」

親切な誘いであった。関西電力と曽野さんは、彼女がダム工事を書いた時からの縁だろう。

吉村が「高熱隧道」を書くために富山市へ行ったのは昭和四十一年の秋である。かれは「高熱隧道と私」（平成元年「旅行鞄《かばん》のなか」毎日新聞社）、「黒部に挑んだ男たち」（平成十七年「わたしの普段着」新潮社）、「高熱隧道をゆく」（平成二十二年「わたしの取材余話」河出書房新社）などエッセイ集を開いてみただけでこの小説について三作も書いている。もっとあるかもしれない。同じ素材で三回も書いているのは珍しい。エッセイの題材として興味あるエピソードがあり過ぎるほどあるのである。

これまで同人雑誌に書き続けてきた短篇とは異り、いわゆる調べて書く長篇小説のはじまりである。かれは短篇小説を書き続けるかたわら、一方で戦史や歴史や、克明な調査を必要とする長篇を書くようになった。

先日、「高熱隧道」の文庫の重版通知が届いた。五十九刷六千部、累計《るいけい》四十四万九千部とある。

「新潮」に掲載された作品だから、エンターテイメントではない。数日前文庫「戦艦武蔵」七十八刷二万部の通知がきたところである。文庫「高熱隧道」が五十九刷は不思議ではない。小田仁二郎《じんじろう》氏主宰「Z」の同人だった瀬戸内晴美《はるみ》（寂聴）氏が、昭さんってヘンな人、作家が亡《な》くなると一年は売れるけれど、そのあとは売れなくなるのよ、と言っていた。吉村の文庫はいずれも重版を続けており、活字を大きくした改版は「吉村昭の本」などとオビを変えたりしているが、「戦艦武蔵」「高熱隧道」はその中でも異例な重版回数である。

曽野さんのお誘いで、私は関西電力株式会社の「黒部川第四発電所のご見学」に参加することになった。これは招待ではないから交通費、宿泊費は自前である。曽野さん関係は産経新聞や曽野さんの著書を出版している出版社などの社員四名。私の関係は娘と娘の長男が行きたいと言ってついて来た。

八月四日新宿発「スーパーあずさ一九号」の車内で落ち合い、松本駅下車、その夜はくろよんロイヤルホテルに泊った。五日には破砕帯と記されているトンネルを通り、トロリーバスで黒部ダム駅着。破砕帯はいつ山が崩れるかわからない地帯である。掘削にたずさわった人の話では、心身共に疲れ果てて髪の毛がぬけ、二、三カ月ほど殆どノイローゼだったという。

私たちはそんな凄《すさま》じい工事だったとは知らずに、ヘルメットをかぶってトンネル内を歩き、放水、観覧ステージへ出た。満々と水をたたえているダムから、水しぶきを上げて大量の水が放出されている。

ダムに面している狭い道を歩く時、腰に命綱のような鎖状のものをつけた。鎖の一方は崖《がけ》のロープに繫《つな》がっている。観光客が行かない場所を案内すると言われたが、恐らくここは観光ルートではあるまい。

崖の前方に続いている人が一人通れるほどの道は、歩荷《ぼっか》が山の宿舎へ必需品や食料を運んだのだろう。以前吉村が「高熱隧道」を書いて間もない時に行った折に当時の映画を見せて貰ったが、記憶が誤っていなければ、荷を背負った歩荷が足を踏みはずし、目もくらむような深い谷へ何人も転落して行った。

娘が写真を要所要所で写しているが、ダムの対岸には黒部の険しい山々が聳《そび》えており、コンクリートの断崖《だんがい》に設けられた道には鉄兜《てつかぶと》をかぶりつるはしをかついで頭を垂れた人物像が六人、足許に〝尊きみはしらに捧《ささ》ぐ〟と殉職者百七十一人の名を刻んだ慰霊碑があった。

娘の最後の写真は、ドアを開けると猛烈な蒸気が流入して車内の人の姿も見えないような電車の中で写したもので、二百メートルの竪坑《たてこう》エレベーターと不気味に下り続ける坂道の写真は、黒部ダムの印象を強く刻みつけた。

黒部ダム（その二）

吉村の「高熱隧道」のあとがきに、

欅平《けやきだいら》からさらに隧道内に設けられた大きなエレベーターに乗り込んだ。今思い返してみると、そのエレベーターでのぼった二〇〇メートルほどの竪坑は、黒部第三発電所建設工事第三工区の掘《くっ》鑿《さく》した竪坑であった。

エレベーターの終点の隧道内には、密閉できるようになっている木製の箱車が待っていた。やがて軌道車が動きだしたが、しばらく進むと妙な熱さが私の体を包みこみ、かたく閉ざされた扉のすき間からも湯気が入りはじめてきた。箱にとりつけられた小さなガラス窓から外をみると、隧道内には濃い湯気が充満している。（中略）同乗している労務者たちは、顔を伏せてじっと堪えているような姿勢をとりつづけている。私は、漸《ようや》く熱気と湯気が、その隧道にとっては正常なものであるらしいことに気がついた。

とある。

十年ほど前、黒部第四発電所建設工事のおこなわれていた黒部渓谷を訪れたことがあると書いているが、十年ほど前というのは、「高熱隧道」の初版が昭和四十二年だから、三十一、二年頃だろう。かれはその時高熱隧道の存在と、その工事が隧道工事史上きわめて稀《まれ》な難工事であることを知ったのだが、その後何度か作品化しようとして果せなかったようだ。竪坑のあとのエレベーターや、蒸気の充満する軌道車の状況は、現在も私たちは体験することが出来た。

だが、労務者たちの作業については、吉村が取材した場景を読まねばわからない。地質学者たちは、隧道工事ルートに高温の温泉脈があることなど誰も口にしていなかった。だが三十メートル掘ると摂氏六十五度、さらに掘りすすむと八十五度、そして坑口から百メートル近くくると百七度というように奥へ進むほど熱が上昇する。地球は何十億年もかかって表面が冷却してきているのだが、内部は煮えたぎっているのだ。

高熱隧道掘削作業状況という絵図が展示してあったが、前面岩盤と書かれている切端《きりは》にホースで水をかけているヘルメットにパンツ一枚の作業員がいて、水をかけると十度下った、と記してあり、その作業員の後にいる作業員が前の人にホースで水を浴せている。かけやの後にかけやがいて水をかけており、かけやは二十分交代と書かれている。

上部の岩盤の下には排気ダクトと給水パイプが通っていて、天井岩盤からの水温は百度近く、やけどをすると記されている。図面にかけやと書かれているかけ屋の話は吉村から聞いていたが、絵図を見るとよくわかる。

坑道は湯気の密度が濃くなり、かけ屋がかけた水は湯になって脛《すね》まで上ってくる。切端の方向ですさまじい閃光《せんこう》がひらめき、爆風とともに起爆音が坑道に充満する。ダイナマイトを装塡《そうてん》しようとしている時に自然爆発を起し、火薬係とかけ屋が八名死亡したことが書いてあり、

「さあ、仏をトロッコへ入れろ」

根津は、カンテラを藤平に手渡すと、身をかがめて目の前の桃色がかった肉塊を抱き上げ、トロッコの中へ落した。

「さ、早く仏を外へ出してやるんだ」

人夫頭の涙まじりの叫び声がきこえた。カンテラが二つ三つと動いて、嗚咽《おえつ》が藤平のそばに近づいてきた。

藤平は、カンテラをかざして根津について歩いた。根津は、岩

肌にへばりついた肉塊をそぎ落し、湯の底からちぎれた衣服のついている黒いものを抱き上げる。

「高熱隧道」の一筋で、坑道内の惨状がなまなましく描かれている。高熱隧道工事と共に多くの人々の命を奪った泡雪崩《ほうなだれ》は、大量の雪や土砂が斜面を崩れ落ちるいわゆる雪崩ではない。大音響と共に、坑口近くに高々と聳え立っていた鉄筋コンクリートの建物が、中にいた八十名以上の人々と共に失《う》せてしまった。

それまで泡雪崩などというものは誰も知らなかった。新雪の雪の粒と粒の間に空気が異常なほど圧縮して落下し、障害物に激突すると圧縮された空気が大爆発を起し、毎秒千メートル以上の爆風が起るのである。志合谷《しあいだに》の宿舎の二階から上部が吹き飛ばされて、尾根を越え五百八十メートルも距離のある奥鐘山《おくかね》の大岩壁にたたきつけられていたことが発見されたのである。

黒部は、あらゆる手段を用いて、人間を拒否してきた。だが黒部川の豊かな水を水力発電に使用するためダムを建設するには、資材を運搬したり導水管を設置するトンネルが必要だった。それにしても自然と人間との闘いの凄じさ。

関西電力が社運をかけた電源開発の展示が平成二十七年春、北陸新幹線開通を記念して欅平の駅舎に設置される。

自然との壮絶な闘い

金沢まで新幹線が通じたので、北陸三県が各々《おのおの》の観光地のPR合戦になった。富山県は無論、黒部峡谷コースがメインである。

欅平駅舎に「黒部川電源開発歴史探訪コーナー」を設置し、黒部川第三発電所の建設記録に関するパネルや、吉村昭が昭和四十一年秋に黒部渓谷を取材して書いた「高熱隧道」の原稿のレプリカや、その時に使用していた古い万年筆や文具などが展示された。来宅された関西電力北陸支社長吉津洋一氏に、吉村の写真の前で当時の万年筆を手渡している写真がある。

黒部市宇奈月で「黒部峡谷パノラマ展望ツアー」開業を記念する催しが平成二十七年六月十一日に行われ、吉村が生きていたら関西電力はどんなにか嬉《うれ》しかっただろうが、代りに私が第一部「黒部川第三発電所建設　自然と人との闘い」の座談会に出席することになった。第二部は「黒部峡谷の発展の歴史と産業観光に期待するもの」となっている。

第一部では、佐藤工業顧問・江尻秀夫氏（黒三建設　上部トンネル施工《せこう》会社）、富山大学名誉教授・川田邦夫《くにお》氏（黒部峡谷大規模表層雪崩研究者）、黒部観光旅館組合長・佐々木泉氏（阿曽原《あそはら》温泉小屋経営者）の方々と、座談会の司会が関西電力北陸支社長の吉津洋一氏であった。

座談会と言っても、講師たちはみな宇奈月国際会館セレネ大ホールの舞台に並び、それぞれが卓上のマイクに向って話をする形式で、座談会という感じではない。素人《しろうと》の私は、吉村に伴われて最初に黒部を見学した折のことや、その後曽野綾子さんや編集者たちとプライベートに娘や娘の長男と廻った時の印象について話をすることになった。質問して皆さんのお話を聞き出す役廻りである。スケジュールでは翌日黒部峡谷パノラマ展望ツアーを視察することになっている。

吉村が黒部に関心を抱いたきっかけは、私の父方の従兄《いとこ》で、早稲田理工学部を出た小町谷武司が佐藤工業に就職していて、私たちが結婚したばかりの頃アパートに訪ねて来た時に、

「これから黒部ダムを造るためにトンネルを掘ることになり、越冬隊長として黒部にはいることになった」

と、まるでこの世の別れのように言い残して行ったからである。私たちは黒部などという地名も、黒部峡谷などというものも知らず、その前人未踏の奥山にまるで命がけのような覚悟で出発する彼の決心を計り知ることが出来なかった。

吉村は小町谷の話に心を摑《つか》まれてしまったのである。黒部渓谷に二十日近く滞在し、小町谷と彼の紹介した工事関係者の方たちと会って話を聞き、小町谷の案内で隧道内を歩き、その凄じい工事に取り憑《つ》かれたようになった。私は実際に目もくらむような志合谷に立っても、多くの人々の命を奪った泡雪崩の実体がどういうものか読んでも聞いても実感出来なかった。

座談会の形式だから、私は出席のお三人にその状況をお聞きした。雪崩というと、山に積った雪が斜面を崩れ落ちる現象を想像するが、海抜八百メートルの志合谷の鉄筋コンクリートの五階建宿舎が一階部分を残して対岸の尾根を越え、黒部川を越えて奥鐘山に激突したのである。吉村が宿舎が飛ばされる情況を両手をかざして説明してくれたが、わかるわけはない。宿舎には就寝中の作業員がいて、死者、行方不明者が八十余名も出る大惨事であった。

泡雪崩とは、新雪の雪の粒と粒の間の空気が異常なほど圧縮して落下し、障害物に激突すると圧縮された空気が大爆発を起すのである。雪崩で雪に埋もれていると思っていた鉄筋コンクリートの宿舎が一階を残して吹き飛ばされ、山を越え、深夜の空中を運ばれて、五百八十メートルも先の大岩壁にたたきつけられていたのである。自然が起す猛威は、人間の想像を絶することを実証している。

泡雪崩の学術的な研究者が、志合谷宿舎を襲った泡雪崩は世界的にも稀なほどの大規模なもので、山を一つ越えて五百八十メートルの先まで鉄筋コンクリートの宿舎を吹きとばすような例は今後も滅多にないだろう、と言ったという。

座談会は、私の質問に江尻顧問、川田名誉教授が答え、佐々木組合長が、阿曽原温泉小屋の開業の経緯と、黒部の自然の厳しさを語った。みな喋《しゃべ》ることが専門ではないので、司会の吉津支社長が巧みに話を進め、まとめ上げて、充実した座談会になった。

万年筆

文藝家協会ニュース平成二十六年十一月号に、「文學者之墓《ぶんがくしゃのはか》」についてのアンケートを求める記事が出ていた。協会では昭和四十四年に富士山のふもとの「冨士霊園」内に「文學者之墓」を設け、その周辺の一劃《いっかく》を「文学碑公苑《こうえん》」と名づけて整備し運営してきた。

公苑は宏大《こうだい》な冨士霊園の奥まった傾斜地にあり、協会の正会員は「文學者之墓」に登録する資格がある。本人の希望により生前に登録の手続が出来、本人が死去した場合は、配偶者（家族）が手続き出来る。協会のアンケートは、新規の余地が殆《ほとん》どなくなってきており、土地を求める費用もないので今後どうするべきかというものである。

本人が気に入って自分で作った墓があるのに、私は文学碑公苑になぜ墓碑を申し込む気になったのだろう。越後湯沢の墓には、どなたがまいって下さったのか花や線香や、八海山の小壜が供えられていることがあるが、とにかく町や温泉街から離れている墓地で、地元の人が身内の墓参りに行くくらいである。

文学碑公苑には大勢の文学者たちの墓碑が屏風《びょうぶ》のように建っていて、横長の碑に六名の筆名、代表作、没年月日（西暦）、享年《きょうねん》（満年齢）が刻字されている。

娘と見学に行った時には、富士霊園に墓参に来た人々も、文学者の墓にどんな作家がはいっているのか興味があるらしく、見学をかねておまいりしている人たちがいた。

協会では一年に一度墓前祭を行っている。私は吉村のたった一人の文学上の友人である大河内昭爾《おおこうちしょうじ》氏を誘って、一枚の墓碑に吉川昭、津村節子、大河内昭爾と並べて彫って貰った。三人で並べば、淋《さみ》しくないね、と大河内氏と語り合った。大河内昭爾と津村節子の文字には生前手続者を示す朱を入れた。

娘と墓前祭に出席する時、吉村のカロウトには何を入れようか、と相談した。息子は湯沢にお骨がはいっているのだから、と文学者の墓には気が乗っていなかったが、私はやはり万年筆だろう、と思った。親しい編集者に、代表作は何がいいか、と相談した時、全員が全員とも「戦艦武蔵」と言い、カロウトに万年筆を入れたい、と言うと、それなら私に下さい、とみんな口を揃《そろ》えて言った。カロウトには、開成中学創立百周年記念の盃《さかずき》を入れた。ペンは剣を制すというペン剣マークのはいった盃で、お墓にはいっても飲みたいだろうと思う。

万年筆と言っても十数本しかない。その中で私が吉村に生前から頂《ちょう》戴《だい》と言っていたデュポンは、今使っているから駄目だと言われ、金一色のウォーターマンもことわられた。作品の内容によって万年筆で気分を変えるのだろう。

旅行の時に持って行く革のペンケースには、黒いキャップの頭にペリカンの絵が彫ってあり軸が群青《ぐんじょう》と黒の細い縞《しま》になっているおしゃれな万年筆、本に署名を頼まれた時の筆ペンになっている万年筆、金色の軸のシャープペンシルがはいっている。シャープペンシルは、取材の折に使うのだろう。例えば「戦艦武蔵」の武蔵が進水した時対岸に激突せぬよう、太い鉄のロープを艦尾に結びつけて船体の進行方向を変える図などが大学ノートに描かれている。

黒いキャップの頭に緑色のペリカンの絵のついた金色の軸の万年筆も、私が羨《うらやま》しがったものである。キャップにパーカーのマークのはいったオレンジ色の万年筆は、パーカーから頼まれてそれを使っている写真を撮影した時に、同じ色のシャープペンシルとセットで貰ったものである。オレンジ色の軸に横文字で名前が彫ってある。セットのシャープペンシルはペン先も軸の芯《しん》を入れるキャップもクリップの部分も金色で、私がねらっているから両方にネームが彫ってある。

「自分で気に入ったのを買えばいいじゃないか」

と言うが、かれが使っているといかにも筆がのるような感じがして、羨しくなるのである。一番高価そうなのは、クリップの先にピンクのルビーのような石がはいっているモンブランで、キザ！　と悪口を言った。

長崎には百七回行っているが、百回目の時に知事から〝長崎奉行〟の賞状を貰う表彰式が催され、親しい編集者たちが集った。副賞はやはり万年筆であった。

万年筆はいつも長崎のマツヤ万年筆病院で買っている。モンブランのマイスターシュテュックで、黒いボディの中心を三連のリングが取り巻く誕生以来変らぬデザインであるが、賞品のモンブランは軸が大理石のような斑模様《まだら》になっている。

吉村の原稿や資料を殆ど納めてある荒川区のゆいの森あらかわ内の記念文学館には、見るもみすぼらしい古い万年筆が納めてある。同人雑誌時代から使い続けてきた万年筆だから、どのくらい前のものかわからない。

不思議な夜

その日は、三鷹市役所の方が三人来られて、吉村の書斎を移築する場所について話をしていかれた。

私はその書斎に愛着があり、自分が死んだあと三鷹市のどこかに空地を探して移築して保存していただきたいと思っていた。

三鷹市は山本有三の邸宅を記念館にしており、太宰治が行きつけだった酒店の跡地にも、太宰関係の資料や写真を展示している場所がある。吉村は庭に建てた別棟の書斎が気に入っており、ひぐらしの声を聞き、林の中を吹きぬけてくる風を心地よがって、軽井沢に別荘など持つ必要はない、と言っていた。三鷹市長に嘆願の手紙を書いたことを忘れた頃、市の職員が訪ねて来られたのである。

ちょうどそれから一月余り経《た》った十一月なかば、講談社「群像」の編集長時代に夫婦でお世話になった文芸評論家の大村彦次郎《ひこじろう》氏から、銀座のジョリーという店に、吉村さんのウィスキーのボトルが遺《のこ》っているから、それを飲みに行きましょうというお誘いがあった。氏が何年かぶりにジョリーに寄ったところ、その店の女主人に吉村のボトルのことを聞いたという。

早速私はその話に乗り、もとかれの担当だった方たちと吉村のボトルのウィスキーを飲む会を企てた。数寄屋橋《すきやばし》から泰明小学校の脇を通り、すぐ先の辻《つじ》を曲ったところにその店があった。賑《にぎ》やかな中心地の裏通りや、ビルの中にはいっているバーのいくつかには行ったことがあるが、その場所はおよそバーなどがあるとは思えない通りにあり、店の外観も濃い茶色の外壁で、目立たないドアを開けると内部はカウンター式のバーになっていた。

誘い合った各社ＯＢの編集者が六人坐《すわ》るともう満席に近い狭い店で、女主人と若い女性が二人で接客しているようだ。何かにつけ集って飲んだり旅行したりする古い仲間ばかりで、ジョリーにふさわしい客たちである。ここに吉村がいないのが、かえって不思議な感じを受けた。女主人は、私も吉村と店に来たことがある、と言うが、あまりに古い話で記憶が曖昧《あいまい》である。

壁の棚に、客のウィスキーのボトルが並んでいる。そのボトルの首に、客のナンバー札が掛けられている。人通りの少ない場所の小ぢんまりした店なのに、ボトルの番号札は三百いくつまで見えた。常連が結構いるらしい。

女主人が出した吉村のボトルは、17番だった。と言うことは、店にとってはかなり古い客になるのだろう。

吉村が最後にこの店に来たのは、病気になる真際《まぎわ》でも九年か十年前である。残っているウィスキーはその当時のものだから、口を開けてしまったウィスキーはどんなものに変化しているだろうと思いながら、めいめいの小さなウィスキーグラスに注いで貰った。

乾杯という量ではなかったが、六人でグラスをかかげて口をつけた。

日本酒なら、一年も置いたら飲めない。17番のボトルのウィスキーは、飲めないものではなかったが、極めて濃密な味がした。

私は、私の知らない吉村が、この店で時を過している情景を思った。私達夫婦は常に一緒に過していたわけではないし、特に吉村は取材で家を空けることが多かった。書斎が一番落着くと言い、在宅している日は朝食を終えると、隣室のリビングで朝刊三紙を読み、兄の会社に勤めていた時期があったからサラリーマンのように書斎へ出勤して行く。

昼食に呼ぶとダイニングに戻って来て、食休みをすると又書斎へ出かけ、六時に鍵《かぎ》をかけて戻ってくる。書斎にいる時と食事の時と、夕食の時に飲み始めて寝る迄《まで》飲んでいるかれを見馴れている私は、私の知らない場所で飲んでいる様子は想像がつかない。旅先のかれがどう過しているのか気にしたことなどないのに、七、八人もはいればいっぱいのジョリーで飲んでいる有様を思い浮べてみた。

集った編集者に、誰がこんな店をかれに教えたのかと聞くと、一番古いつきあいの人達なのに、吉村さんに連れて来られたのだという。以前かれらの他に、吉村がどういう仲間とつき合っていたのか、私は私の知らないかれの生活の一刻《ひととき》をジョリーで見た思いがした。

私は同じウィスキーを注文して17番の札を掛けて貰った。夫婦でも一緒にいる時間は案外少い。まして吉村のように取材で旅することが多い作家は、妻の知らない世界にいることが多い筈《はず》だが、この夜かれが飲んでいたという小さなバーで感じたのは、かれにはかれの世界があったのだという至極当りまえのことであった。

幻の戦艦（その一）

平成二十七年三月四日の朝日新聞と読売新聞に、「戦艦武蔵」が、フィリピンのシブヤン海の海底で発見されたという記事が掲載されていた。恐らく他紙にも同様の記事が出たであろう。資産家で海洋探査などにも出資しているポール・アレン氏が公表したという。

戦艦に詳しい広島県呉《くれ》市海事歴史科学館の戸高一成《とだかかずしげ》館長が映像を検証した結果、船は百パーセント武蔵に間違いないという。艦首の紋章や主砲の砲塔が抜けた穴などが武蔵の特徴に一致し、周辺で類似の艦の沈没記録がないからだ。

武蔵の沈没で約千人が犠牲になったが、船が引き揚げられない以上、遺骨の収集は無理で、海外戦没者の遺骨収集に取り組む厚生労働省の担当者も、海はお墓ととらえて原則として深い海底での遺骨収集は行っていないと話しているという。シブヤン海で、四月二十六日に元乗組員と遺族らによる慰霊祭が行われ、戦死者の冥福《めいふく》を祈ったと報じられている。

三月四日の長崎新聞にも「戦艦武蔵」発見の記事が出ている。世界最大の「戦艦大和」の起工は昭和十二年十一月、「戦艦武蔵」の起工は昭和十三年三月、大和の二号艦として三菱重工長崎造船所で造られた。吉村昭が大和ではなく武蔵を書いたのは、呉海軍工廠《こうしょう》ではなくて、民間の造船所で造られたことに関心を持ったからである。
呉海軍工廠ハ世界最大ノ造船所デ、砲、甲板ヲ作ッテイル工場ヲソナエテイタノハ、コノ工廠ダケデアッタ。長崎造船所ニ「武蔵」建造ヲアタラセタノハ、設備、技術ガ優秀デアッタカラデアッタガ、殊《コト》ニ木工場ノ良サハ定評ガアリ、ソノタメ居住区ノ建造技術ハ素晴シカッタ。云々《ウンヌン》

吉村が海軍に籍を置いていた福井静夫氏を訪ねて取材したノートの一部である。

武蔵は昭和十三年三月二十九日に起工し、昭和十九年十月二十四日に沈没したが、誕生前までの長い歴史がある。

長崎港を人の目から隠すための方策として、夥《おびただ》しい棕櫚《しゅろ》が集めら

れ、隠し倉庫が建てられた。武蔵の建造を隠蔽《いんぺい》するためである。私が長崎へ行った時には、丘の上から港が一望出来る景観であり、これでは第一、第二船台ガントリーは丸見えである。集められた棕櫚は八四五、〇〇〇平方メートルに及ぶシュロ縄網として垂下された。シュロ縄の長さは約二、七一〇キロメートル、簾《すだれ》の総重量は約四一〇トンと長崎造船所の社史に記されている。

武蔵の進水時は、立神《たたかみ》船台附近の海面は約三〇センチ上がって波高最大五八センチに達し、その波は約三〇分間も続いたという。浪ノ平海岸では一時的に発生した高潮のため、床上まで海水が浸入した民家もあったそうである。

私は女学校三年生の時から、軍需工場に勤労動員に行っていた。東洋平和の為《ため》の聖戦と訓示され、愛国心のため残業もいとわず働いていたが、その時どこからともなく伝わってきた風評があった。西の方でとてつもない物が造られている。それが出来れば、神風が吹く、という話であった。

何であるかはわからないが、何とも巨大な物であるという。それが武蔵のことだったとわかったのは、いくさに負けてからである。

武蔵が不沈艦であるという構造について、魚雷を受けて右舷《うげん》部分が浸水すると、浸水は防水区劃にとどまり、それによって艦は傾くが、艦を安定させるために直ちに左舷の防水区劃に海水をそそぎ入れる。艦は二十二度まで傾斜しても、もとに復すという。しかし、集中的に魚雷を受けた艦の前部が沈み、やがて艦首が徐々に沈没して行ったのである。

魚雷命中本数は、右舷後部に五本、左舷は、弾薬庫のあたりに集中的に十本、後方に十本。生存者によれば命中総本数は三十三本に間違いないという。

しかし、「大和」と違って内部爆発も起しておらず、「武蔵」は多量の空気を内蔵した構造物となり、未浸水区劃が多いので、深い海底までは沈んでおらず、海中を移動しているのだ、と吉村が取材した生存者は言っていたという。

吉村は江戸時代の船の漂流を扱った「漂流」という長編小説を書いており、地球の自転にともなって起きる海流の知識がある。中南米方面から流れる北赤道海流がフィリピン諸島にぶつかり、北上して黒潮本流になり、九州、四国、本州の沿岸を通って太平洋に向う。それは北アメリカ沿岸を北太平洋海流となって流れ、北赤道海流に結びつく。つまり「武蔵」は、太平洋を何回も周回しているのかもしれない。

吉村は漂流研究の権威である池田皓氏に武蔵の回遊の可能性をたずねてみた。

「もしも、黒潮本流に乗ったら、あり得るかも知れません」

と、氏は言った。

吉村はその時、武蔵は多くの遺体を乗せて太平洋を周回しているのかもしれない、と思ったと書いている。

幻の戦艦（その二）

「戦艦武蔵」がフィリピンのシブヤン海底で発見されたということを知ったら、吉村昭はどう思うだろう。

吉村が屢々《しばしば》連絡をとって話を聞いていた細谷四郎氏は、当時二等兵曹で信号兵として艦橋にいたため「武蔵」の沈没時の状況を正確に記憶している貴重な証言者であった。細谷氏からは「武蔵」が艦体に千百四十七もの防水区劃があり、魚雷が命中して浸水しても、反対側の防水区劃に海水をそそぎ入れて艦を安定させる構造になっているので

深い海底まで沈んではおらず、海中をどこかに移動してしまっている
だろうと聞いていた。

吉村は「別冊文藝春秋」（昭和五十三年秋号）に「消えた『武蔵』」という題で、フィリピンのダイバーからの最新情報として、シブヤン海のある岬の近くの水深百メートルの水中に、「武蔵」と同じ四基のスクリューをもつ大きな船が沈んでいるというが、それが正確な情報か、もしそうだとしても「武蔵」であるか否《いな》かはあきらかではない、と書いている。

吉村が「プロモート」に連載していた「戦艦『武蔵』取材日記」が新潮社の重役で「新潮」の編集長でもある齋藤十一《さいとうじゅういち》氏の目にとまっ

たのは機縁だった。発行部数千部にも満たない無名の小雑誌である。

齋藤氏は、文芸の世界で神格化されている著名な編集者で、吉村は「プロモート」などに目を通していることなど信じられない、と言っていた。

齋藤氏の命を受けた「新潮」編集部の田邉《たなべ》孝治氏が訪ねて来て、編集長が「戦艦武蔵」を小説に書いて貰《もら》ったらと言っています、と申し出た時、吉村は呆然《ぼうぜん》とした。齋藤氏は、あらゆる分野の印刷物を読んでいて、その精力的な目くばりは驚異的だ、と田邉氏は言う。

同人雑誌作家に過ぎない吉村は、いきなり一流の文芸雑誌から声がかかったということにまず驚き、しかも「戦艦武蔵」を小説に、というのだから呆気《あっけ》にとられたのも無理はない。私も、小説というのは人間を書くものだ、と学生時代に吉村たちと作っていた「学習院文藝」改題「赤繪《あかえ》」時代から思っていた。吉村は、少し考えさせて下さい、と言ったが、私はまたとないチャンスを逃さないでほしいと思った。かれは考えぬいた結果書いてみる決心をした。

それまで「新潮」の田邉氏とはよく新宿の歌舞伎町あたりやわが家でも飲み交していたが、来宅は飲むためではなく、書き上った分だけの原稿を受け取るのが目的になった。

齋藤氏は、連載ではなく、終戦の八月発売の九月号に全篇一挙掲載を考えていて、田邉氏はその号に間に合わせるために再々現われる。吉村は寝る暇もなくなった。まるで全精力をしぼり取られるような有様だった。

私がこれまでのように酒肴《しゆこう》を用意しても、原稿を手にすると怱々《そうそう》に帰って行き、吉村はそのままふとんの中に倒れ込むようにもぐり込んだ。

吉村はゲラを手にした時、田邉氏に本当に載るんでしょうか、と聞くと、載せるからゲラが出たんでしょう、と笑った。間に合わなかった場合のため、その号の四百二十枚に相当する他の作家たちの原稿は用意してあったという。

Ⅱ　小説を生んだもの

佐渡慕情

「津村節子自選作品集6」（岩波書店）の自筆年譜を見ると、昭和三十六年の記述に、〝十月、『週刊文春』のグラビアに触発され、新潟県佐渡市（当時は佐渡郡）相川町へ金山の取材に行く〟とあり、三十七年にも〝「海鳴」の構想をたて再び相川へ。その後も屢々《しばしば》相川及び佐渡の各地を歩く〟、三十九年には、〝「海鳴」を『文学者』十一月号から連載（翌年八月号まで）〟と記している。

「週刊文春」のグラビアには、第一頁《ページ》に山を大鉞《おおまさかり》で断ち割ったような道遊《どうゆう》の割戸《われと》の姿が出ていた。それが人力で金を掘り取った露頭掘りの跡と知って、その異様な山の姿に強く引かれた。次の頁は見開きで、蟻《あり》の巣のように掘り進められた坑内の人足たちの労役絵図、坑内で使用していた鑿《のみ》と鏨《たがね》、暗黒の坑道に火をともす灯皿、登る梯子《はしご》はつるぎ山と言われた丸太に段を刻んだだけの梯子、水替人足が二十四時間交代で湧水《わきみず》を手繰りで地上へ排出した桶《おけ》などが出ていて、最後の頁には島送りになって三年と命がもたなかったという無宿たちの墓が草深い山道に苔《こけ》むして写っていた。

佐渡金山を書きたい、と思い詰めた私は、夫と子供連れで佐渡に渡り、役場で教育長から金山にくわしい、と毎日新聞の記者だった磯部《いそべ》欣三《きんぞう》氏を紹介された。

「『妻がね、佐渡金山を書きたいというものだから』と、吉村さんはいわれた。そのとき、津村さんは赤ん坊を抱いていた。（中略）それが町一番の高級ホテルだったから、私は、吉村さんが注いでくれる盃《さかずき》の酒を、ゴクンと飲みこむたびに、この作家志望だという夫婦の、帰りの旅費のことを心配していた」。これは「筑摩現代文学大系91森茉莉《まり》・津村節子・大庭《おおば》みな子集」の月報に書かれている磯部さんの文章である。

「さい果て」が芥川賞候補になり、昭和四十年に「玩具」で芥川賞を受賞した時、私は新潟支局にいた磯部さんにまっ先に連絡し、授賞式に出席してほしい、と言った。

「涙っぽい私は、県庁から走り出て、対岸に佐渡が見える五十嵐《いがらし》浜まで走った。涙は、こんなときに流すものだと思った。上京はできなかったが、『やっぱり佐渡へまた帰ろう。でないと、津村さんが淋《さみ》しがるから』——と考えたりしていた」とある。

私が淋しがるからということは、それほど私が佐渡へ行っているということで、「海鳴」の取材後も新聞社の金山ルポやNHKの佐渡紀行、豪華フェリー就航招待などで行くと鉱山長の屋敷だった清新亭に泊まり、相川の歴史研究会の方たちと金山のこと相川のことを夜更《よふ》けまで語り合った。津村さんを、どれほど連れ廻したことだろう、と月報に書かれているが、金山発見当初栄えていた町は、熔岩《ようがん》が流れるように下方へ移り、今は倒壊した墓ばかりになった上相川、廃寺の多い寺町や佐渡奉行所の役人たちやゴールドラッシュに沸く人々が通った水金遊廓《みずかねゆうかく》、牛乳びんほどの夥《おびただ》しい石地蔵が草に埋もれている梨《なし》の木地蔵の山中などを歩き廻った。吉村も、同行した時に見た梨の木地蔵の印象を「石の微笑」として作品化し、芥川賞候補になっている。

私が芥川賞を受賞した時、磯部さんの依頼で吉村と二人で講演に行った。両津、新穂《にいぼ》、佐和田、相川、と四会場廻り、その時いか釣舟で佐渡の北端外海府《そとかいふ》まで足をのばしてこの世の果てのような賽《さい》の河原を見た。

その後磯部さんが佐和田の佐渡博物館長になられた時も、二人で講演した。夫婦で同じ雑誌には書かない、と絶対引き受けなかった吉村が、夫婦で講演をするなどとは考えられない。磯部さんに見送られて佐渡汽船に乗り、遠離《とおざ》かる佐渡を見ながら、夫婦《めおと》漫才のようだったね、と二人で笑い合ったものだ。

磯部さんが癌《がん》で新潟の病院に入院された、と研究会の方から報《しら》せがあり、危機を脱したと聞いてすぐお見舞にかけつけた。その時初めて、はげますように手を握った。研究書の多い磯部さんは、まだしなくてはならない仕事がある、と意欲的だった。

瀬戸内寂聴さんは、世阿弥《ぜあみ》のことを書くため佐渡に行き、磯部さんに世阿弥に関する著書や、世阿弥にかかわるあらゆる場所を案内して貰《もら》ったそうだ。亡《な》くなる前にダンボール何箱もの世阿弥研究の資料が送られてきたという。

磯部さんのお通夜《つや》、御葬儀は、豪雪で佐渡汽船のフェリーもジェットフォイルも到底運航するとは思えなかった。夫はその時癌の告知を受けていたが、家族以外に全く秘しており、磯部さんの葬儀に行かれないことを気にしていた。

幸いジェットフォイルが定刻に出て、瀬戸内さんはお通夜に弔辞を読み、私は瀬戸内さんが島を離れたあと御葬儀の折に弔辞をのべた。同人雑誌時代から親しい二人が、佐渡で磯部さんの弔辞を読むめぐり合わせ。瀬戸内さんの「秘花」の扉には〝磯部欣三氏の御霊《みたま》に捧《ささ》ぐ〟と献辞を刷り込んである。

やきものを求めて

ひと頃、私はやきものに凝っていたことがある。凝ると言ってもテレビの「なんでも鑑定団」に出場するような骨董《こっとう》趣味があるわけではない。料理を盛るのに見た目によい器をと思う程度のことで、料理に自信がないからである。

小説の取材以外には、紀行を頼まれたり、テレビ番組や婦人雑誌などの企画ページで地方へ行くことが多かったので、その合間に土地のやきものを見る機会があり、エッセイを頼まれた時などにやきものについて書くことが多くなった。

そんなことから、平凡社の企画―歴史と文学の旅―の「日本やきもの旅行」全五巻のうちのⅡを頼まれた。北は青森から南は沖縄まで、長い日本列島の各地を五巻にわけ、私の守備範囲は東北、関東、甲信越という広大な地域である。奥付を見ると一刷が昭和五十年だから、私はすでに越前焼《えちぜんやき》をテーマにした「炎の舞い」を新聞連載している。

越前焼は、瀬戸、常滑《とこなめ》、信楽《しがらき》、丹波、備前と共に、日本六古窯《こよう》に数えられる古い窯《かま》で、須恵器《すえき》の頃の古い窯跡が数多く残っており、平安、鎌倉、室町の頃のさまざまな日用雑器が現存している。小説のテーマにするくらいだから越前のやきものなら徹底的に取材しているが、残念ながらこのシリーズⅡにははいっていない。

もっともこのあと、中央公論社から出版した「土と炎の里」（昭和六十一年）は、各地の民窯を歩いたやきものエッセイを集め、更にまだ訪ねていない窯を取材して加えたもので、私が歩いた窯を書き込んだ巻末の地図を見ると、青森の津軽焼から、南は鹿児島の龍門司《りゅうもんじ》焼と苗代川《なえしろがわ》焼、更に海を渡って沖縄の壺屋《つぼや》焼まで数えて四十七の窯を歩いている。何々焼と呼ばれる民窯が主だが、やきものに関するエッセイを集めたものだから、民窯ばかりではなく、人間国宝と称される個人作家も、テレビの番組や、雑誌の企画で訪ねている。

華麗なペルシアのラスター彩を再興した多治見の加藤卓男氏、NHKの番組でも、個人の取材でもお訪ねした瀬戸の加藤唐九郎氏、常滑の急須の第一人者山田常山氏、備前焼の代表作家藤原雄《ゆう》氏、NHKの

「萩《はぎ》焼随想　坂高麗左衛門《さかこうらいざえもん》の世界」で、窯出しの日にお訪ねした萩焼窯元では最古の登窯《のぼりがま》のある十一代坂氏、唐津藩御用窯で、十二代が無形文化財に指定された朝鮮渡来の叩《たた》き技法を伝える十三代中里太郎《たろう》右衛門《えもん》氏、磁器発祥の地有田の鍋島《なべしま》藩御用赤絵師だった今泉家十三代今泉今右衛門《いまえもん》氏、初代酒井田柿右衛門《かきえもん》が完成した赤絵を代々伝え、父十二代と明《みん》時代の作品を二代で再興した濁手《にごしで》を作るのは十三代酒井田柿右衛門氏のみだから、銘は入れないと聞いた。

磁器の原料を産しない薩摩《さつま》のやきものは、白もんと黒もんに大別され、黒もんは黒釉《こくゆう》の日用雑器だが、白もんは白磁になぞらえて白釉を掛け、華麗な色絵や金彩、透し彫りなどを入れた上手物《じょうてもの》で、お目にかかった沈寿官氏は十四代であった。

全国にわたった「土と炎の里」では個人の作家を訪ねているが、
「日本やきもの旅行Ⅱ」の帯には、

津軽へ　会津へ　益子《ましこ》へ　笠間《かさま》へ　佐渡へ　甲州から信州へ　越後からみちのくへ　風光明媚《めいび》な自然と素朴な人情をもって　いまなおてらいのないかたちと美を伝える民窯を訪ねて　流麗な筆致と堅実な作風で描くやきもの紀行

と記されている。編集部も力を入れている。

六古窯と言われる窯が、日本列島の中央部にあるのはやきものに適した土に恵まれているからで、関東には益子、笠間しか名のある窯業地はなく、東北を廻ってみたがやはり土には恵まれていないことを感じた。しかし物資の輸送が不便だった時代には、やきものもその土地で採れる土を用い、その土地で産する物を工夫して釉薬に使うしかない。民窯が面白いのは、それぞれの土地の特色が出ているからである。茶陶ではなく、甕《かめ》、壺、土鍋、片口、擂鉢《すりばち》、行平《ゆきひら》など、その土地の生活に即して形も異なっている。この地域のやきもので私が一番魅力を感じたのは、会津本郷焼であった。

会津へは、その後戊辰《ぼしん》戦争を書くため足繁《しげ》く取材に通うようになるとは思わなかった。「流星雨」というタイトルで岩波書店から平成二年に刊行され女流文学賞を受賞した作品である。

会津本郷焼の宗像《むなかた》窯は、鴨居《かもい》にずらりと大皿や大きな鉢がかかっており、床の間や棚にも皿や鉢が飾られていて、座敷と縁側に片口、角皿、小鉢、徳利、ぐい呑《のみ》、湯呑などが所狭しと並べられていた。

その中で厚い長方形の鉢は何に用いるものか聞くと、鰊《にしん》を漬ける鉢だという。海のない会津の保存食に身欠鰊と山椒《さんしょう》の葉を交互に重ねて三杯酢で漬け込むための鉢で、五枚の型板を用い、小石まじりの粗い鉄分の多い土味を生かして素焼はせず、こってりした色の飴釉《あめゆう》を掛け、縁から白い釉を流し掛けしているのが景色になっている。堅牢《けんろう》で実用本位のやきものだが、厳しい会津の風雪に堪えてきた風格がある。これは昭和三十三年にブリュッセルの万国博で最高賞のグランプリを受賞したそうだ。

鰊を漬けることはないが、私は惚《ほ》れ込んで買い求めた。お花の先生が花器に求めて行かれた、と言っていた。成程、そういう用途もある。私は民窯を歩いて買い求めたやきものをガラス扉の飾り棚に並べ、来客が目にとめてくれれば取材の折の説明をし、その器に手料理を盛って供したりしてその折々の旅を思い出すのが楽しい。

雨の如《ごと》く降る星

前章で会津本郷焼を訪ねた時は、まだ会津へ足繁く通うようになるとは思わなかった。

会津戊辰戦争を書くきっかけは、北方史研究家の谷澤尚一《たにさわしよういち》氏から、会津生れの内藤ユキ（旧姓日向《ひなた》）さんの手書きの「萬年青《おもと》」と題する小冊子のコピーをいただいたことによる。谷澤氏は吉村昭に小説のテーマになりそうな資料を探して下さっている方だが、「萬年青」は津村さんの題材になるのではないか、と吉村に託して下さったのである。

この小冊子は御子息内藤芳雄氏がまとめられたユキさんの回想録で、会津藩町奉行日向左衛門《さえもん》の次女に生れ、嘉永《かえい》、安政、万延《まんえん》、文久、元治《げんじ》、慶応、明治、大正、昭和の九時代にわたる九十三年間の生涯を綴《つづ》ったものである。

会津の豊かな自然、四百石取りの会津藩士の家庭の豊かな暮しぶり、四季折々の行事や楽しい行楽のことなどに多くの頁を費している。だがユキさんが十八歳の時、会津藩は新政府軍の攻撃を受けて敗北し、斗南《となみ》（下北半島）に転封になった。ユキさんも極寒の斗南へ移住している。

のちに、北海道開拓使函館支庁の大主典《だいさかん》、旧会津藩の雑賀繁村《さいかしげむら》の家に奉公していた時縁談があり、元薩摩藩士で札幌の開拓使に勤める内藤兼備《かねとも》と結婚した。九十三歳の人生の中で確かにいくさの期間は短かったが、それにしても「萬年青」に記されているのはわずか六頁である。しかしこの六頁に、父や兄の戦死の様子が女性らしい感覚でなまなましく書かれている。私は十四歳で太平洋戦争を体験しているので、主人公をユキではなくあきとし、多感な娘が戦争をどう受けとめ、戦中戦後をどう生きたか、を書いてみようと思った。

調べれば調べるほど会津戊辰戦争は理不尽な戦争であった。藩主松《まつ》平容保《だいらかたもり》は、京都守護職として孝明天皇に忠節を尽していたにも拘《かかわ》らず、思いもかけぬ朝敵の汚名を負わされ、容保の謹慎も認められず、つぎつぎに脱盟、降伏、陥落していった奥羽越列藩同盟の仙台藩、米沢藩の嘆願も却下されて、倒幕の血祭にあげられたのである。

取材の時のポケットアルバムⅠには、吉村昭が写っているから、私の初めての歴史小説ということで心配したのだろう。よりにもよって雪の日で、美しい鶴《つる》ヶ城《じょう》の天主閣も厚い雪に覆《おお》われていた。

怒濤《どとう》のような新政府軍の攻撃に、年寄、女、子供、妊婦や、薙刀《なぎなた》を持った女たち、戦死した弟の衣服を着て七連発銃を担《かつ》いだ山本八重子も入城し、一カ月籠城《ろうじょう》した城である。激しい銃撃や大砲を打ち込まれ、髪の毛のついた脳が飛び散り、手脚はもげ、置き場のない死体は空井戸二つに投げ込まれた。この天主閣から黒煙が上るのを見て白虎隊《びゃっこたい》は飯盛山《いいもりやま》で自刃《じじん》したのである。

アルバムには、家老西郷頼母《さいごうたのも》の屋敷もある。屋根も雪、庭も雪。女、子供はいくさのさまたげになる、と自刃した人は多いが、西郷家では祖母、母、妻ら一家と親戚《しんせき》の家族が集っていて、それぞれ辞世の歌を書き終えると、妻千重子は九歳の二女を刺し、驚き怯《おび》えて泣く四歳の四女が逃げようとするのを抑えて刺し、最後にあどけなく微笑《ほほえ》む二歳の季子を刺してから、自ら刃《やいば》の上に勢いよく伏した。

甲賀町通りを突進して来た土佐藩士が、まだ息があるらしいがもう目も見えぬ若い女がお味方か、敵兵か、とかすかな声で問うたので、憐《あわ》れに思って味方です、と言い、彼女が差し出した血まみれの懐剣で介錯《かいしゃく》してやった。

城下町は行き止りになったり、平行していると思って歩いているととんでもない方向に出たりする。私たちは雪の中を歩き廻って喫茶店にはいった。シーズンオフの雪の日の客に主人が話しかけてきたので、会津のいくさのことを知りたいと思って、と言うと、コーヒーをいれるのを放り出して私たちの前に坐《すわ》り込み、自分の聞いている話を果てしなく話し出した。郷土土産の店で道を聞いた時も、その聞き方が普通の観光客ではないと察したらしく、商売はそっちのけになっていくさの話になった。吉村は、これはえらいことになったな、町中が史談会だ、と言った。

雪の日の取材はままならず、私はその後再三会津を訪ねることになり、会津史学会会長の宮崎十三八《とみはち》氏の御案内で日本最古のプール・水練水馬池のある会津藩校日新館や天文台跡、飯盛山や白虎隊記念館、御薬園、旧滝沢本陣、旧会津藩御本陣などを歩いた。日を改めて下北半島にも行き、夥しい餓死者の出た斗南転封の悲惨を思った。資料は今も山積みになっている。

会津のいくさはむごたらしい話が多く、寺の住職が葬《ほうむ》った戦死者を新政府軍が暴《あば》いて野犬が喰い散らすまま放置したり、甲賀町口郭門を破った夜、酒宴のさなか土佐藩兵が少年の生首を大皿にのせて、お肴《さかな》参上、と宴席の真中に置くと、

愉快極まる　この夜の酒宴
中にますらおの美少年

と繰返し歌って夜を徹して飲んだという。

私が「世界」に十九カ月にわたって連載した「流星雨」が岩波書店から刊行されたのは平成二年である。

あきは薩摩の青年とは結婚させず、開拓中の札幌の町をさまよう夜

空に、死者たちの魂が流星のように降りそそぐラストにした。

夢のかずかず

これまで私は会津戊辰戦争や、会津のやきものについて書いているので、福島県には再三行っている。

安達《あだち》郡油井《ゆい》村（現二本松市油井）の大きな造り酒屋に生れた長沼チヱ。高村光太郎研究の第一人者は北川太一氏で、私も氏の著書や資料を集め、お電話でも屢々御教示を仰いだ。光太郎の研究書は数多いが、智恵子については光太郎に付随して書かれているものが多い。特に幼年時代、少女時代、長沼家の複雑な人間関係については資料がなく、

〝智恵子の里レモン会〟の当時の会長伊藤昭氏からお話を伺った。

祖母のノシは二本松の城下に生れた。会津は戊辰戦争の折にわずか十万石の小藩ながら、倒幕の勢いに乗った新政府軍と戦い、十二歳から十七歳までの少年兵から老兵まで出陣して、二百五十人もの戦死者が出た。ノシは、生後三カ月のチヱの母センを抱えて炎の中からかろうじて逃れている。

チヱは幼い頃から聡明《そうめい》で絵がうまいと評判だった。女学校卒業式の折、十九名の卒業生代表として来賓の居並ぶ中で答辞を読んだ。「福島民友新聞」には、総代長沼ちゑとしてその全文が載っている。

女学校へ進むことすら結婚に差しさわる時代に、ちゑは小学校時代の教師、服部マスが小石川の日本女子大学校の第一回生として入学したことに目もくらむような羨望《せんぼう》を抱き、マスに協力を頼んで全国から優秀な女学校の卒業生が集る日本女子大に進学する。平塚明子《はるこ》（らいてう）が入学した当時である。

女子大時代のことは、日本女子大成瀬記念館の秋山倶子氏から資料を見せていただき、校内や女子寮あたりを歩いた。

油井の智恵子の生家は、殆《ほとん》ど当時のまま修復されていて、秀才で両親の自慢の種であった智恵子が、弟妹たちとは異なる扱いだった二階の部屋もそのままのたたずまいを残していた。生家の裏には智恵子の記念館が建てられていて、晩年精神を病んでから制作を始めた数々の紙絵が展示してある。

無論オリジナルでは退色するからレプリカであろうけれど、生家も記念館も、かって全国の市町村にふるさと創生資金としてばら撒《ま》かれたお金を活用したと聞いた。あの資金は土地土地によって全く無駄なことに使われた例も多いが、この場合は有効に活用された例だと思う。

あれが阿多多羅山《あだたらやま》、
あの光るのが阿武隈川《あぶくま》。

ここはあなたの生れたふるさと、
あの小さな白壁の点点があなたのうちの酒庫《さかぐら》。

と光太郎が詩《よ》んだ〝樹下の二人〟の情景も長沼家の所有林だった山

道を登れば、阿多多羅山も阿武隈川も、智恵子の生家も一望出来る。

私が「智恵子抄」を読んだのは戦時中だった。出版されたのは昭和十六年で、その年日本は太平洋戦争に突入したのである。物心ついて満洲事変、日中戦争、と幼年期、少女期を過した私にとって、人間らしい希望や夢を描くことが出来なかった時代であったからこそ「智恵子抄」の印象は鮮烈だった。学生時代に教職の資格を取るための教育実習で「智恵子抄」を選んだのは、私がちょうど「智恵子抄」に感銘を受けた年齢と同じ年頃の少女たちの授業だったからだが、その時私はどれほどのことがわかっていただろう。

執筆活動をするようになってから、なぜか光太郎と智恵子のことを書く企画が舞い込んできて、昭和五十年に「太陽」の特集「智恵子抄：高村光太郎の世界」の原稿を依頼された折に、光太郎の甥《おい》にあたる写真家の高村規《ただし》氏のお宅へうかがった。氏は智恵子の紙絵を保存しておられて、「ちゑ子のかミゑ」と達筆な光太郎の筆で書かれている大きな桐箱《きりばこ》に収められている紙絵の一枚一枚を手に取って見ることが出来た。その時の胸の高ぶりは今も忘れない。

その後、高村氏とは、講談社文庫「智恵子から光太郎へ」、新潮社とんぼの本「光太郎と智恵子」などで御一緒に仕事をした。一つ屋根の下に住み、それぞれが芸術の道にひたむきに精進する二人。たぐいまれな愛と信頼と尊敬に貫かれた二人が描いた夢のかずかず。

私が講談社の「本」に連載を依頼された時に「智恵子飛ぶ」を書こうと思い至ったのは、自分たちの生活に重ね合わされる要素が多いと思えたからだが、智恵子の精神状態が異常になる過程を書きながら胸ぐるしい夢を幾度も見た。

あなたは僕をたのみ
あなたは僕に生きる
それがすべてあなた自身を生かす事だ

と光太郎は詩む。
なぜ智恵子は心を病むようになったのか。それが書ければ、この作品は成功だと思った。

若狭《わかさ》の余光

私が実在の人物を書いた小説、評伝小説という範疇《はんちゅう》にはいるのだろうが、それは二作しかない。

歴史小説としては、会津戊辰戦争を書いた「流星雨」があり、藩主松平容保、家老西郷頼母、砲術師範家出身で七連発銃を担いで籠城する城にはいった山本八重子など、実在人物は本名で書き、歴史的事実は克明に調べ、正確を期している。だが吉村の歴史小説のように、徹底的に事実を追求し、事実こそがドラマであるという姿勢ではない。

私は自分なりに主人公を想定し、その時代をどう生きたかを書きたい。それはあくまでも私の作り上げた人物である。

佐渡金山を舞台に書いた「海鳴」は、金山のことなら何を聞かれてもよいほど調査した上で、江戸の治安を乱すという理由から浮浪者をとらえ、罪なくして島送りにして、地底の湧水を二十四時間ぶっ通しで汲《く》み上げる作業に使役した水替無宿たちを書いた。かれらは名もない存在だった。

「智恵子飛ぶ」の高村智恵子は、実在人物である。わかっている限りの事実を調べ上げ、フィクションは入れず、智恵子の実像を描き出そうと腐心した。海の中にある事実の島々を飛び石のように踏み、島のないところは自分の想像を入れ、読む人が納得いくように橋を架けた。

もう一作の評伝小説は、―山川登美子《とみこ》・歌と恋―と副題をつけた「白百合《しらゆり》の崖《きし》」である。

山川登美子と言っても、知らない人が多いのではないだろうか。登美子と共に〝明星の名花二輪〟と称《たた》えられた與謝野晶子《よさのあきこ》の名は、知らぬ人はないほどなのに――。

私が登美子に惹《ひ》かれていたのは、同郷の歌人だからであった。二作の評伝小説のうち、高村智恵子を書いた「智恵子飛ぶ」は平成九年刊行。「白百合の崖」はそれよりはるかに以前昭和五十七年に「新潮」に一挙掲載され、翌五十八年に新潮社から刊行された。

智恵子を書く時に、高村光太郎の研究者、研究書は多いのに、智恵子については光太郎の研究に附随したものとして書かれているものが殆どであって苦しんだが、登美子の場合も、彼女が殆ど日記を書いていなくて、彼女の心の動きはその歌によって推測するしかないのが厳しかった。

高村光太郎研究の第一人者北川太一氏のように、山川登美子の研究者として著名なのは坂本政親《まさちか》氏である。「山川登美子全集」は生前未発表だった歌を含めた全作品、書簡や下書きのノートや雑録まで蒐《しゅう》集《しゅう》し、克明な註釈《ちゅうしゃく》も付されていて殆ど完璧《かんぺき》なものである。

晶子については、私もまばゆいばかりの魅力を感じている。自分とは異質な女性としての憧《あこが》れである。彼女の歌は大胆で官能的で、情熱的である。

晶子は、かつて南蛮貿易で栄え、日本最初の自由都市として自治を確立した港町堺の裕福な商家の娘に生れた。

登美子の出生は、古くから大陸文化の門戸として開け、京都、奈良の文化の影響も多い若狭の城下町小浜《おばま》の、厳格な士族の娘である。

二人の生れた家の環境も対照的だが、冬の長い北陸の陰鬱《いんうつ》な気候風土も、登美子の人間形成の上に少なからず影響を与えたと思う。

私が登美子に惹かれるのは同郷だから、と書いたが、幼い頃、北陸の同じ空を見、同じ風や雪のけはいを感じていたからで、晶子は書けないが、登美子なら書けると思ったのである。

登美子の歌は、晶子のような奔放さはないが、弱々しいというのではない。抑えに抑えてなおほとばしり出る激しさがある。恋への、歌への、生への執着に悶《もだ》え、死の床で救いのない孤独に沈み込んでゆく登美子の胸中が吐露されている歌は凄絶《せいぜつ》である。

鉄幹が提唱する新しい歌、これまでの短歌に自我を主張する新風を吹き込まんとして結成された東京新詩社の機関誌「明星」は、厳格な士族の家に生れ育った登美子にとって、どれほど新鮮で魅力的であったか想像に難くない。それは商家の生れであった晶子にとっても同様であったろう。

二人は、あね、いもうと、と呼び合う親しさであったが、鉄幹に対しては恋のライヴァルでもあった。

血汐《ちしほ》みななさけに燃ゆるわかき子に
狂ひ死ねよとたまふ御歌《みうた》か　　晶子

利鎌《とがま》もて苅《か》らるゝもよし君が背の
小草の数にせめて匂《にほ》はむ　　　登美子

鉄幹を慕う二人の歌である。

鉄幹は「明星」をみおやゝと呼ばせ、社友を星の子と呼ばせ、新しい文学活動への世間の批判や圧迫に対して結束を固めさせている。晶子や登美子ばかりではなく、他の女性たちも鉄幹を敬慕していたが、鉄幹はとりわけ才の卓越している晶子と登美子に対して、それぞれに思いをかけていた。

晶子は妻子ある鉄幹の許《もと》に走り、やがて明星の女王として活躍するようになるが、登美子は父の命に従って結婚した夫が結核で死に、感染した登美子は二十九歳の若さでこの世を去った。

私が取材の折登美子の生家近くに宿をとって登美子の歩いた道を歩き廻った夜、胸に異常な圧迫を感じて目が覚めた。図書館でいつもお世話になっている司書の広部英一氏が、

「登美子が来たのではありませんか」

と言った。

狭山の青春

平成二十四年の秋、突然、

「私、入間川のよし坊です」

と電話がかかってきた。

入間川のよし坊と言えば、埼玉県入間川町（現狭山市）に疎開《そかい》していた時に近所だった洋品店の喜正《よしまさ》くんのことか。確かよし坊のお兄ちゃんはたか坊と言った。

「よし坊？　タビキンの？」

「そうです。タビキンのよし坊です」

懐《なつか》しい入間川の町並が目に浮んだ。タビキンは、仙台に次ぐと言われた七夕祭りの時に西武線が終夜運転して見物客を送り込む七夕通りのほぼ中央部に位置している。幼い時のよし坊の声とは違って、落着いた大人の男の声である。かれは現在夫婦で歯科医院を開業しているという。

電話の内容は、思いがけないことだった。この度狭山市立博物館で、「ジョンソン基地とハイドパーク」という企画展をすることになり、ついては基地時代のことを話してくれないか、という依頼だった。当時のことを知っている人は殆どいなくなったという。

「『星祭りの町』を読んでいる人が多くて、じかに話を聞きたいと言っているんですよ」

とかれは言う。「星祭りの町」は私たちが入間川に疎開していた戦中戦後を書いた作品で、平成七年に「新潮」に一挙掲載され、新潮社から単行本が出版された時に入間川町でサイン会をした。文庫になった時のあとがきに、

いま、地方を旅した折などふと足を踏み入れた町に、基地の名残りを敏感にかぎ取ることがある。だが、母の骨を分骨した寺と、美しい入間川が流れている町には、まるで蜃気楼《しんきろう》だったかのように基地の面影は何も遺《のこ》っていない。

「狭山市誌」にも、狭山市立博物館にも、基地についての記述や

資料は驚くほどわずかであった。私にあれほど強烈な印象を刻んだ数年間であったのに、地元の人々の心の中からも基地はすでに風化し始めていることを感じた。

と記している。その時ですら基地は風化していたのだから、喜正さんが基地時代のことを知っている人は殆どいなくなったと言うのは当然である。

私の母は昭和十二年に福井で急性肺炎で死去し、父が昭和十九年に心臓麻痺《まひ》で急死して、母代りだった祖母と姉妹三人の女世帯は、空襲を逃れて入間川に疎開した。入間川には母の姉が跡を継いだ古い呉服店があり、目白に住んでいた頃から毎年夏休みを伯母の家でいとこたちと過していた。

埼玉県入間川町は、鎌倉時代から室町中期にかけて、鎌倉街道の交通の要地として栄えた町であったが、私たちが疎開した当時は茶畠《ちゃばたけ》と桑畠の多い静かな町であった。近くに日本最初の飛行場が開設された所沢があり、入間川と隣接している豊岡（現入間市）に開校された航空士官学校があるから、空の守りは万全だ、と、伯父は自信ありげに言っていた。

八月十五日、十二時に玉音放送があるというので、町に下宿している軍人たちは軍刀を帯びて士官学校へ向い、伯父の店も大きなガラス戸をいっぱいに開き、店内には警防団がぎっしり詰めていた。

ニュースが敗色を帯びてきていたから、玉音放送は徹底抗戦の決意をうながすものと信じていたが、聞き取りにくい音声は、どうも降伏を伝えているようであった。敵兵が上陸して来たら、一人一殺の覚悟で竹槍《たけやり》訓練をしていた私は、呆然《ぼうぜん》として暫《しばら》く腑《ふ》ぬけのようになった。私の通っていた都立高等女学校は、軍国主義の教育に徹しており、勤労動員で働いていた軍需工場は、往《ゆ》きの燃料しか積まない特殊潜航艇に備える羅針儀の部品を作っていた。無論極秘であったが、連日残業に励む生徒が班長に秘密を守る確約をして問い質《ただ》したのである。

九月二日、降伏調印は東京湾の米戦艦ミズーリ号上で行われ、九月八日聯合軍《れんごうぐん》進駐部隊が東京に進駐、各地での乱暴狼藉《ろうぜき》が報じられた。十四日豊岡航空士官学校に第一陣が進駐した。進駐部隊は約一万名で、豊岡へは二千八百名のうち第一陣八百名が進駐して、ジョンソン基地と名付けられた。ジョンソンとは昭和二十年、東京湾で墜落死した有望な若いパイロットの名前である。

役場から、家の鍵《かぎ》を固くかけ一歩も外へ出ぬように、という回覧板が廻ってきた。若い娘が三人もいる家を、伯父は心配して見廻りに来た。人の姿がない死んだような町になり、これからどうなるのか不安の日を過した。

豊岡に進駐した米第五航空隊は質がよいとのことだが、兵隊たちは町の店々がＯＦＦ　ＬＩＭＩＴＳの札を下げて商っている物が何もないことに苛立《いらだ》ち、ショーウインドウを叩き割り、マネキン人形を抱き去ったり、泥酔《でいすい》して店の前に坐り込み、サケ、サケ、と叫んで物を投げつけるなどの騒ぎが起るようになり、主立った店の主人たちが集ってスーベニアショップを開くことになった。店舗の広い伯父の遠藤呉服店がそれにあてられ、長男菊司と洋品店のタビキンの長男喜平さんが京都へ扇子、舞妓《まいこ》や富士山を描いたシルクのハンカチーフなどを仕入れに行き、各家々が持ち込む振袖《ふりそで》、櫛《くし》、簪《かんざし》、色絵の皿、真珠の指輪や翡翠《ひすい》の帯留などを依託で売るようになった。よし坊とたか坊は、喜平さんの息子である。

七夕の夜、天の川の様に美しく彩《いろど》られる通りにはジープが走り、ロングスカートを翻《ひるがえ》した濃い口紅の女たちがぶら下るGIたちが歩き廻る町に様相を変えていったのである。

あの異様な数年間は、やはり蜃気楼だったのだろうか。いまジョンソン基地は航空自衛隊入間基地と広大な公園になり、入間川の町に見覚えのある店舗は一軒もない。

花の下の戦場

たて続けに、花火大会の折の事故が報じられた。一件は平成二十五年八月十五日、京都府の福知山で行われた花火大会、もう一件は同月十九日、静岡県の土肥《とい》海水浴場で催されていた「土肥サマーフェスティバル海上花火大会」での事故である。

夜空につぎつぎに打ち上げられ、大輪の花を開く花火は美しいショーだが、常に危険と隣合わせである。私は「千輪の華」という題名の小説で花火玉の製造工程や打揚げ現場を書いているから、よく知っている。

福知山での事故は、由良川の河川敷で催された花火大会に出店していた露店が爆発して燃え広がったもので、花火そのものの事故ではない。露店の店主が照明に使う発電機を稼動《かどう》させている最中に燃料をつぎ足そうとして気化した燃料に火が燃え広がり、さらにガスボンベに引火した事故で、考えられないような非常識さである。花火大会ともなれば見物客が多く集っているから、大事故になる。百七十もの露店が並んでいたというから爆発現場は大混乱で、三人が死亡し、大勢の重傷者と怪我人《けがにん》が出た。

伊豆の花火大会は沖合の防潮堤で花火を打ち上げていたのが、火薬を詰めた筒に着火する折暴発したというから、これは花火業者の責任である。火薬を扱うのだからよくよくの注意を払っている筈《はず》なのだが、それでも事故は起る。

私が花火師を書こうと思ったきっかけは、今から三十年ほども前の夏のまっ盛りの時、たまたま朝のＮＨＫの番組を見ていたら、打揚げ花火の現場が映し出されていた。林立している花火の打揚げ筒の傍を、女花火師が火が噴出しているつけ火を筒口に近づけながら疾風のように走っている。

それを見た直後、私はすぐ西日本新聞に電話をした。ちょうどその時、私は七社会の新聞に連載を依頼されていたのである。七社会というのは東北から九州までの大手地方新聞社が加入しており、その中に福岡の西日本新聞社がはいっていたのである。

私の希望を聞いて、新聞社は大濠《おおほり》公園で行われる花火大会の最高の見物席を用意してくれた。打揚げは公園の池の中洲《なかす》で行われた。花火大会は海辺や川べりなど水のある地で行われることが多い。

ヒューと音をたててうねりながら昇ってゆく花火は、火のついた鼠《ねずみ》のように空を駆けめぐり、早打ちの花火は息つく暇もなく二重、三重に重なって開いては消え、池の周囲の仕掛けはつぎつぎに光の文字や映像を描き、池はそれらを映し出して公園は真昼のような明るさになった。

打上げが始まる前に参加する花火会社の名前が紹介される。私がNHKで観《み》た女花火師の唐津煙火の名前も読み上げられた。音を立てて放射状に噴射する花火は巨大な扇のようにひろがり、天空に打ち揚げられた花火は幾色にも花弁の色を変えながら大輪の花を開かせて、花弁の間からは小さな花が無数に散る。火を噴きながら池の面を動き廻る花火は水に映って金魚が泳ぐ如く、うねりながら上昇する大きな光は天に上る龍《りゅう》のようである。

最後に夜空いっぱいに早打ちの花火が千輪の花を開き、それらは忽《たちま》ち消えて闇《やみ》となった。拍手に沸いていた会場は一瞬静まり返り、そして激しい拍手が起って鳴り止《や》まなかった。私はなぜか涙ぐんでいた。

翌日私はホテルから、唐津煙火に電話をした。テレビを観た日も西日本新聞に電話をする前に直接かけたのだが、そんな気まぐれな電話に応対する余裕はない殺気立った空気が伝わってきた。私は唐津煙火に連絡がつくまで福岡のホテルに滞在するつもりでいたが、次は武雄《たけお》で行う、という返事を貰った。博多から鳥栖《とす》まで鹿児島本線の鈍行で四十分ほど、鳥栖から長崎本線に乗り換えて急行なら一時間。フロントで借りた時刻表を調べて私は今まで聞いたこともない武雄まで行くことにした。今度始める新聞連載は、女花火師を書くことに決めたのである。

唐津煙火の社長、木塚恵子さんは、ストーカーのような私になかば呆《あき》れながら、武雄の打揚げ現場にはいることを許可してくれた。武雄というのは温泉地で、海もなければ川もない。花火大会はホテルの前の広場が会場だった。役所、消防署、警察へ連絡して許可をとらねばならないのは、それだけ危険が伴うからである。

木塚さんの御主人は、広い敷地内に分散して建てられている小屋のような工場で事故が起り、その責任をとって社長を退いたため、恵子さんが引継いだのである。彼女自身も、川へ花火を投げるのが一瞬遅れて手の中で破裂して重傷を負ったことがあるが、総指揮にあたっているのでその場を去ることが出来なかったという。

私は化繊のものは一切脱いで下着もシャツもズボンもすべて木綿に着替え、ヘルメットをかぶり、唐津煙火の半纏《はんてん》を羽織った。半纏は火がついた時、すぐ脱ぎ捨てられるからである。

打揚げ現場は導火線が張りめぐらされていて、花火を観賞するどころではなく、鼓膜を破るような音と濃霧に包まれたような硝煙がただよい、身動きも出来ない戦場であった。

作家の産声《うぶごえ》をきく

私が小説を書き始めたのは昭和二十六年に学習院の短期大学に入学して、二学期頃に「はまゆふ」という雑誌を創刊した時である。同人を募集したが小説を書く人がいなくて、句会や短歌の会を企画し、それらの作品を載せたりして雑誌の体裁を整えていた。大学の文芸部に「学習院文藝」という雑誌があり、小説、詩、評論を掲載している事を知って、私は押しかけ入部したのである。委員長は吉村昭という結核で進学が遅れている老《ふ》けた学生で、守衛が助教授だと思って挨拶《あいさつ》していたという。

私も、敗戦後大勢の若者が還《かえ》らぬ人となり、男一人に女トラック一杯という時代だったから、疎開先の埼玉県入間川町から目黒のドレスメーカー女学院に通い、洋裁店を経営していた。

と言っても当時は服地など売っていなかったから和服の更生が主で、新しい生地を持って来るのは、近くの陸軍士官学校に進駐して来た米軍の夫人がＰＸで購入したものである。

昭和二十五年に学習院に短期大学部が創設されたということを新聞で知り、高等女学校卒業では受験の資格がないので高校卒業の認定試験を受けた上で翌年受験した。従って二期生であり、同期の人々より五つ年上であった。

「学習院文藝」は活版にした時「赤繪」と改題し、卒業後は、吉村も私も数多くの同人雑誌に参加して、六十年以上小説を書き続けてきた。近頃は雑誌や新聞で文学賞の公募が盛んになって、受賞がきっかけで文壇に出る人もいるが、誰の目に触れるかわからない同人雑誌時代の十五年間は、あてどない年月だった。

平成二十六年二月、文藝春秋から「芥川賞・直木賞150回全記録」という特別編集の厚い雑誌が出た。これが出版されなくても、文春の「文藝手帖《ぶんげいてちょう》」には、巻末に芥川賞、直木賞の第一回からの作者と作品名が出ている。上半期と下半期の年に二回で、昭和十年第一回上半期の芥川賞は石川達三「蒼氓《そうぼう》」、下半期はなし。直木賞は川口松太郎「鶴八鶴次郎《つるはちつるじろう》」「風流深川唄《うた》」、下半期は鷲尾雨工《わしおうこう》「吉野朝太平記」

とある。受賞作なしの時もあるし、二人受賞の時もある。今日まで続いているのだから、受賞者の数は夥《おびただ》しい。

私が芥川賞を受賞した時、先輩から、今後三年間ぐらい芥川賞作家という肩書がつくよ、と言われた。それがいまだに郷里の福井で講演会やセミナーなどが催される時の紹介に、新聞では芥川賞作家、と記される。文庫のカバー裏には、芥川賞の他に、女流文学賞、芸術選奨文部大臣賞、日本芸術院会員なども書いてあるが、とにかく芥川賞なのだ。

吉村昭は、芥川賞候補に四回なり、ある回など、二人同時受賞ということで文藝春秋まで来てくれ、と言われて兄の車で駆けつけたのに、他の人を推していた欠席の選者に問い合わせたところ、どちらかと言えば吉村ではない候補作を推すと言われて受賞者は一人に決った。

城山三郎氏との対談で、もう時効だから聞くけど、その時どういう思いをしたかと問われた吉村は、受賞していたらこれまでの路線の作品を書いていただろう。「戦艦武蔵」のような調べて書く記録文学は書かなかった、と言っている。何が幸いするかわからない。

しかし芥川賞という賞の名は、全国津々浦々に知れ渡っていることに驚かされる。「星への旅」で太宰治賞、記録文学で菊池《きくち》寛《かん》賞を受賞した吉村は、「破獄」で読売文学賞、芸術選奨文部大臣賞を受賞し、近くの富ずしで飲んでいる時、「冷い夏、熱い夏」で毎日芸術賞受賞の報《し》らせがきたと伝えに行くと、

「先生、今度は芥川賞だね」

と富さんが言った。

平成二十六年秋に駒場《こまば》の日本近代文学館で〝作家の産声をきく　芥川賞・直木賞　原稿コレクション展〟が催された。昭和十年に創設され、平成二十六年上半期まで百五十一回を数える受賞作品原稿と関連資料の展示があり、四部構成になっていた。私は紅野敏郎《こうのとしろう》氏や黒井千次氏らと「東京都近代文学博物館」運営のための「全国文学館協議会」の委員をして企画や展示や会報の編集に参加し、記事を書いたりもしていたことがある。

百貨店で芥川賞・直木賞展が催された会場で、妹は受賞者の名前と作品がずらりと展示されているのを見て、

「直木賞の作家と作品は今も読まれているものが沢山あるのに、芥

川賞のほうは知らない名前が多いわね」

と言っていた。

芥川賞は新人賞だから、その作品一作に与えられるので、あとが続かない人がいるのよ、と私は言ったが、吉村は四回も候補になりながら、受賞しなかった。受賞もしていないのに、次々に作品を発表し、亡《な》くなったあとも、現在書いている私よりも遥《はる》かに売れ続け、何十版も版を重ねて毎日のように文庫が各出版社から届き、写真の前の飾り棚や食器棚にまで積み上げられていくのに唖然《あぜん》としている。

芥川賞の季節

この夏も、芥川賞、直木賞の話題で賑《にぎ》わっている。

平成二十七年度上半期の芥川賞はダブル受賞で、どちらも「文學界」発表の作品である。お二人とも若いので驚いた。羽田圭介《はだけいすけ》氏は十七歳の時にすでに文藝賞を受賞し、又吉直樹《またよしなおき》氏は芸能界で人気を博している人だから、作品の売れ方がただごとではない。二百万部以上というから、純文学はもとよりエンターテイメントでもこれほどの部数は考えられない。

以前聞いた話によると、かつては受賞者は文藝春秋の社長室で、社長から直接賞状を渡して貰《もら》ったという。芥川賞直木賞が話題に上るようになったのは、私の記憶では石原慎太郎の「太陽の季節」（第三十四回・昭和三十年下半期）からだろう。新聞や雑誌などが賑やかに取り上げたのを覚えている。その後、開高健《かいこうたけし》や大江健三郎の作品が文壇を賑わせた。夫婦ともども候補にはなっても落選続きだったから、私は無関心ではいられなかった。

夫婦が同時に候補になった時は、週刊誌ダネには恰好《かっこう》の材料だったのだろう。受賞の時にはインタビューを、という条件つきの申し込みがつぎつぎあったが、唯《ただ》一人、中日新聞の豊田穣《とよだじょう》氏は、受賞とは関係なく記事にします、とインタビューに来られた。豊田氏はのちに作家としてデビューした人だから、候補作家に対する心配りがあったと思う。

私が受賞した時の記事をスクラップブックで探してみた。芥川賞の前に新潮社同人雑誌賞を受賞しているので、その新聞切りぬきに始まり、全国同人雑誌推薦小説特集の広告から芥川賞の寸評まで、朝日、毎日、読売、東京、サンケイ、福井新聞、週刊読書人、図書新聞などなど、吉村と私の記事がびっしり貼《は》ってある。福井新聞は私の郷里だから当然だとしても、写真入りの大きな記事で、イバラの〝文筆修業〟福井生まれも大きな影響とある。東京新聞は、かおり高い津村さんの叙情、週刊文春は一ページで、オシドリ作家と不死身重夫《しげお》（直木賞の藤井重夫）という見出しだ。

——津村さんの夫君は、やはり芥川賞候補に何度かなった吉村昭氏。六年前には、二人そろって候補になったこともある〝オシドリ夫婦〟——とあり、受賞した夜から朝にかけて三十人以上から奥さんに先を越されて、さぞ残念でしょうという意味の質問をあびせられた吉村は、「受賞と決った時は、『ご苦労さま』と云《い》ったはずです。この気持は他人にはわからないかもしれませんが、私としては先を越されたという感じはしません。妻が好む文学の質と私のとは異質ですから嫉妬《しっと》も起りません。妻はたしかに小説を書きますが、その前に完ぺきな女房ですからね」

と言っている。さぞ煩《わずら》わしかったことだろう。

めくるページ、ページに芥川賞関係の記事が貼ってあって、週刊サンケイには、芥川賞作家は神風タレントという見出しがある。

七月十九日「玩具」で芥川賞を受賞した津村節子さんは、翌二十日にはNHKテレビ「スタジオ一〇二」、日本テレビ「けさの訪問」、フジテレビ「小川宏《ひろし》ショー」、NET「木島則夫《のりお》モーニングショー」、TBSラジオ「おはよう東京」と神風タレントぶりを発揮した。しかしこれは完全に放送局側が仕組んだスケジュールに従わされたものだ。受賞の夜、東京・新橋第一ホテルの記者会見に行ったあと、まず日本テレビ「けさの訪問」のビデオ取りを終えて、津村さんは局側代表から「これはあしたの津村さんのスケジュールです」と一枚の紙片を手渡された。

私の受賞は昭和四十年で、「木島則夫モーニングショー」は昭和三十九年四月から、「小川宏ショー」は昭和四十年五月から、「スタジオ一〇二」は昭和四十年四月からというように、各局の朝のニュースショーが出揃《でそろ》った時だった。しかも女性の芥川賞受賞者は、中里恒子《つねこ》氏から六人目だったこともあるだろう。

私の時でさえそうだったのだから、話題性に富む今回の新芥川賞作家スペシャルでは、どんな様相を展開することか。

Ⅲ　故郷からの風

四日間の奮闘

今回の福井へ四日間の日程は、強行軍だった。

帰ってから食事が喉《のど》を通らなくなり、体力ばかりではなく気力も衰えて、差し迫った仕事があるのに机に向っても思考がまとまらず、近くの医院へ点滴に通った。

福井へ行く前には、二十篇送られてきていた随筆を読み、一般の部と高校生の部の最優秀賞と優秀賞を選んで福井新聞に選評を送った。一篇五枚とは言え二十篇から選び出すのは芯《しん》の疲れる仕事であった。

その上「ふくい風花《かざはな》随筆文学賞」が始まって十五年目になる記念に、これまでの最優秀賞の中から一篇を選んで授賞式当日今回の最優秀賞二篇と共にフリーのアナウンサーが朗読することになっているので、それも選ばねばならない。

長篇の文学賞の選考をいくつもしてきたことを考えれば、随筆の賞に音をあげているのは年のせいである。もっともこの賞は、福井県における唯一《ゆいいつ》の全国規模の賞で、毎年海外からも応募があり、今回三千百余の中から一次、二次と予選を通過して最終の二十篇の選にあたるのは私一人だから、責任重大で気が重いのである。その上授賞式当日賞状授与のあとで、選評をのべねばならない。一般の部の最優秀賞を一篇、優秀賞を五篇、高校生の部も同様と思っていたら、佳作の生徒も出席しているから一ことでいいから触れてやってくれ、とのことで、計十四篇について感想をのべることになった。

この賞が設けられる時に高校生の部を作ることを提案したのは私だからやむを得ない。年々高校生の応募がふえていい作品が集まるようになったのは甲斐《かい》があったと思う。

授賞式の前日は、県立こども歴史文化館で、「ふくいの技と知恵」シリーズの石田縞《じま》の展示会を見学したあと、福井市から車で五十分ほどの勝山市へ行った。これは毎年随筆文学賞に合わせて行くのが恒例になっている。

勝山の高校の卒業生がオイルショックの時に就職口がないと聞いたのがきっかけで、以来夫が亡《な》くなった平成十八年まで三十年間家事手伝いを紹介していただいている。はじめは一人だったが、その後二人となり先輩が後輩を指導し、オールシーズンの家事に馴《な》れた頃先輩は辞めて次の卒業生が来るという形になっていた。彼女たちが年に一度、この時に集まって旧交を暖めるのである。

卒業生を紹介して下さる天立陽山先生に、お宅の学校の生徒さんは優秀な子ばかりですね、と言うと、優秀な子を選んでおります、と嬉《うれ》しそうに言われた。私が同郷であるという親しみと、同じ学校の先輩がいるということで、福井から遠い東京へ就職することに抵抗はないらしい。両親も、企業に勤めるより家事が身につくということで喜んで出してくれるのである。

本人たちも私たちと家族同様に生活し、東京で一番住みたい街と言われている吉祥寺に二年から五年ぐらいいるうちにすっかり洗練される。毎日来ている若い銀行員が、○ちゃんはもうくにに帰ったと言った時、ショックを受けていた。交際をしたいと思っていたのだろう。

いつも彼女らに連絡をとって下さる天立先生が帰郷した二十名全員の名簿を送って下さり、そのうち今回の会の出席者は十名。彼女たちの担任の先生は天立先生を入れて三名で、賑《にぎ》やかだった。みな結婚していて平均三人の子持ちで、勝山は日本の人口を支えているのね、と私は上機嫌だった。三世帯同居率が全国二位だから、高卒者就職率が日本一もうなずける。

各種料理を盛り合わせた大皿に残ったおすしや天ぷらや唐揚げなどを、店に備え付けのプラスチックの容器に仲よく分け合って持ち帰る姿は、いい主婦になったなあ、とほほえましい。私の招待と言えば、夫も姑《しゅうとめ》も気持よく出してくれ、子や孫の守りもしてくれる。孫がいるなんて、私のひまごだ、とがっくりした。

十五回目の文学賞授賞式は、実行委員長増永迪男氏とこの文学賞について対談し、朗読の時に音楽がはいりピアノとヴァイオリンの演奏もあって、出席者の記憶に残る会だったと思う。

翌日は、鯖江《さばえ》市で私の「遅咲きの梅」の公演があった。日野川が氾《はん》濫《らん》して石の田んぼと化し、農業が成り立たない貧しい村の産業開発に、高島善左衛門が勧めた石田縞は、幕末から昭和初期にかけて最盛期には県外にも大量に出されていた。木綿の手織りで手間暇かかっても絹ではないので、結城《ゆうき》や大島のような価格はつかず、化学繊維に押されて忘れ去られていた。

その幻の石田縞を農業と鯖江の地場産業眼鏡フレームの内職のかたわら、たった一人で復元した女性の苦労と情熱を描いた作品である。今は鯖江市指定無形文化財となり、実技を指導するセンターも出来た。開演に先立って私が取材した吉川道江さんと牧野市長のコーディネートで石田縞を語り、芝居は市民参加の公演で、八百人が文化センターに詰めかけた。

前年八月から稽古《けいこ》を重ねている出演者たちはすでにそれぞれの人物になり切っていて、その熱演に涙したり、笑ったり、節目節目に花道へ現われる市長が眼鏡会社の社長として眼鏡の宣伝をするので人々は拍手喝采《かっさい》だった。大勢出演した子供たちにも、忘れられない思い出となっただろう。

その夜は打揚げ会場へは行かず、ハーモニーホールふくい開設以来の企画を担当し、今は鯖江市の文化活動に力を注いでいる帰山美智栄さんと二人きりで語り合いながら飲んだ。

四日目に、私の資料を全部寄託している仁愛女子短期大学の図録の件で、現在は仁愛大学の教授になられた谷出《たにで》千代子先生がホテルに訪ねて来られたが、私が疲れているだろう、と思われてか話込まれずに、帰られた。

ある町の盛衰

紅葉はまだ早いのに、現地からは大変寒いので防寒の用意をしてきて下さいと連絡があった。冬のコートでは早過ぎるので、厚めのストールをスーツケースに入れて前日送り、手提げバッグには折りたたみの傘を入れた。弁当忘れても傘忘れるな、という土地である。車の送り迎えがあっても、どういう状況になるかわからない。

福井県はかつて日本の輸出産業の三本の柱の一つと言われた絹織物の産地であった。県の歳費が二百万だった頃、三百万の生産を誇った春江町を舞台に書いた「絹扇」を平成十五年に岩波書店から出版したが、取材に行った時には機業の町だったとは信じられないのどかな田園がひろがっているだけで、当時の話を知る人もわずかであった。

勝山市が機業の町であることは充分に知っていた。むしろ勝山のほうが私にとって身近かな町で、あまり身近か過ぎるためにストーリーの展開が自由に出来ない心配があった。

勝山を舞台にした短篇「織姫」は、信州から機屋《はたや》に働きに来て結核にかかり、死ぬ時に献体を求められて応じた二人の娘の話で、親に葬式の費用をかけまいと気遣った二人の骨を親は引き取りにも来ず、骨標本になって遺《のこ》っている。

もう一作は父の死を書いた「雪の柩《ひつぎ》」で、母の死後三人の娘たちを東京の学校で学ばせたいという希望と、私が虚弱だったため福井の気候がよくないと考えた父は、母親代りの祖母と娘たちとお手伝いを東京の目白に転居させた。大手機業の役員だった父は、福井市から勝山の寺の離れに移り住み、身辺の世話は会社の女子社員がしていた。夜は宴会が多く、食事は料亭から届けられていた。

その夜バイヤーを招いている宴会に父が来ないので迎えに来た使いの者が寺の住職と離れに行くと、蒲団《ふとん》を口許《くちもと》まで掛けたまま亡くなっていたという。心臓麻痺《まひ》であった。

雪深い町での孤独な父の死を、娘たち三人はいつまでも引きずっていた。

春江は機業地の面影を全くとどめていないが、勝山には機屋の建物が記念館として遺されており、古い織機や資料も保存されていて小説を書く時に参考になった。

一軒一軒赤い土塀をめぐらしていたという遊廓《ゆうかく》は、パチンコ屋や喫茶店などがある普通の通りになっていたが、遊女を主人公とした小説を何作か書いている私には、そのあたり一帯になまめいた雰囲気が感じ取れた。かつて業者たちが勝山芸者を総上げして宴会をした料亭は、入口にしだれ柳の古木があり、板の厚い階段を上って行くと大広間がある。天井がドーム型になっていて中央にシャンデリアがあるモダンな部屋で、勝山の繁栄を物語っていた。近年有形文化財に指定された、と女将《おかみ》がその証書を見せてくれた。

以前取材に来た時、遊廓の入口にある小料理屋の主人の話によると、父は芸者たちに先導させ、太鼓や竪琴《たてごと》のお囃《はや》しで歌舞伎《かぶき》の台詞《せりふ》や木遣《きや》りくずしや都々逸《どどいつ》を歌いながら、待ち構えている妓楼《ぎろう》の女たちからおひねりを貰《もら》い歩いたという。豪勢に遊んでいた織物業者たちも、遊廓を門付けして歩くような徹底した遊びをする人はいなかった、と言っていた。

一生再婚しなかった父は、子供たちの学校の担任教師に会いに行ったり、機業が織物の輸出をしていた関係で支店のある横浜へ娘たちの靴や服を買いに連れて行ったり、ニューグランドホテルで食事をしたりし、家では絶対に酒を飲まず謹厳実直な父であり続けていたので、私は勝山での父の晩年にそんな華やいだ生活があったのか、と心がいくらか慰められたのだった。

人手が足りなくてよその土地からも働き手を求めていた勝山は、戦時中の企業整備と戦災で打撃を蒙《こうむ》り、原糸不足で機業は壊滅状態に追い込まれた。かろうじて生き残った機業も昭和四十八年の石油ショックで工場を縮小し、人員整理を行った。

わが家に勝山からお手伝いが続けて二人ずつ来るようになったのは、この時からである。吉村が亡くなる迄《まで》、二、三年間ずつ先輩が後輩を指導する形で二十人の卒業生を送り出してくれた勝山南高等学校が、少子化のため平成二十五年三月末をもって閉校となると知って衝撃を受けた。

昭和十七年に繊維会社が働きながら学ぶ私立勝山精華女学校を開校

し、勝山精華高等女学校、男女共学の勝山精華高等学校、県立勝山南高等学校と四度名前が変った七十年の歴史が閉じることになったのである。私は毎年勝山へ行き、お手伝いをしてくれていた人たちを招待して同窓会をしていた。勝山南高等学校と名前が変った時に学校から校歌を頼まれ、勝山の九頭竜川《くずりゅうがわ》の瀬音、歴史ある平泉寺の厚い苔《こけ》、紅葉する山々、果てしなく降り積む雪、と勝山の四季を四節に綴《つづ》り、思い切って三木たかし氏に作曲をお願いした。

平成二十四年十一月二日の夜、ホテルでお手伝いをしてくれていた人たちの同窓会をし、三日の日は四度名前が変った学校の大同窓会と、七十年の歴史を閉じる閉校式が行われ、最後に美しいメロディーの校歌が歌われて胸が詰った。

機業の町勝山の最盛期を知っている私にとって、この閉校式は感慨深いものであった。

古窯《こよう》の村

平成二十四年十一月に、二度福井へ行った。郷里だから何かと声がかかってくる。県立勝山南高等学校の大同窓会に出席したのが最初である。二度目は越前町《えちぜんちょう》からの依頼であった。町村合併した越前町とは、私には馴染《なじ》みのない町名である。昭和四十六年に見学した陶芸館は宮崎村にあり、その後やきものをテーマに長篇を書こうと思い立った時、取材した北野七左衛門氏の窯《かま》があったのは織田《おだ》である。

昭和二十八年、東京国立博物館で陶器研究家の小山冨士夫《こやまふじお》氏によるこれまでの五古窯（瀬戸、常滑《とこなめ》、信楽《しがらき》、丹波、備前）に越前を加えて六古窯とするという発表があったことを私は誇りに思っていた。昭和四十年に福井県立図書館主催、福井新聞社後援の講演会を依頼された時、越前には五古窯に並ぶ古い窯があるそうだが、どのあたりかとたずねてみた。しかし、新聞社も図書館も知らなかった。図書館の司書が、それはおたやきのことでしょうか、と言っただけだった。

その後、県が招待観光という企画を始め、その一回目に私たち夫婦が招かれた。これは越前、若狭で見学したいところを二泊三日で案内してくれるという。その時私は以前から気になっていた越前古窯のある地域に行ってみたい、と見学地の一つにあげた。昭和四十年には誰も知らなかった宮崎村に堂々と建っている福井県陶芸館を目にした時は感慨深かった。

館内には越前の細かな土が固く焼き締る赤褐色の日用雑器、甕《かめ》、壺《つぼ》、摺鉢《すりばち》などが沢山展示されていた。釉薬《ゆうやく》を掛けなくても水もれしないので、窯の中でかぶった自然釉が唯一の景色である。

珍しかったのはお歯黒壺で、両手で包み込めるくらいの大きさの注ぎ口のある双耳《そうじ》の壺である。結婚した女はすべて歯を染めたから、どこの家でも縁の下にころがっていたという。悪質な業者が水甕や味噌《みそ》甕をプラスチックの方が軽くて便利だと言って交換していったという話を聞いた。幻の古越前展などを見ると無念な思いがする。

この度久しぶりで訪ねた陶芸村は、全く別の地へ来たかと思うほど変っていた。建物は陶芸館と試験場しかなく、広々とした陶芸村にはまだ一人の陶芸家も入植していなかったのに、まず目立ったのは越前陶芸文化交流会館のドーム型の建物、数多くの工房、越前焼の館（窯元の商品を展示即売）、旅館や料亭や茶苑《さえん》が建ち、宿の部屋の縁からは、塀で囲っていない庭を通して陶芸村が展望される。福井は芦原《あわら》温泉が有名だが、宿の風呂《ふろ》はやわらかい上質の温泉で心地よかった。

越前町の主催者側が用意してくれた宴席には、これまで目にしたことのないほど見事な越前蟹《がに》が何ばいも据えられていて、同行の新潮社編集者木村達哉氏は感激し、私もいい時機に来たことを幸運に思った。

翌日、「炎の舞い」のトークショーの前に、織田の町を車で案内して貰った。歴史の古い剣《つるぎ》神社が目標だが、あんなに取材に通った町の通りはすっかり変っていて、「炎の舞い」の主人公北野七左衛門氏の家は御子息左京氏の代になり、見違えるような立派な家になっていた。北野さんの家を初めてたずねた時は戸口も窓も崩れかかった、風の吹き込む仕事場で作陶しておられた。北野家は資産家だったが、やきものに打ち込むあまり田地田畑を売り払ってしまったのである。

当時、越前のやきものは北野氏と、土を太い紐状《ひもじょう》にしてドーナツのように積み上げ、継目を叩《たた》き締める一番古い陶法輪積《わづ》みを伝承している平等《たいら》窯八代目藤田重良右衛門氏ぐらいしか、たずさわっている人はいなかった。

北野さんに取材したいと言うと、町長は、

「それは無理ですわ。並はずれた頑固で気むずかしい男やでね。町で卓越した技能の保持者として推薦し、労働大臣賞を受賞したのに、『うらはちゃわんややから、ほんなもんはいらん』と言って授賞式に出るのをことわるもんで、やむなく息子さんが貰いに行ったんです」と言った。織田の池上町長は幼い時、ろくろの廻し子をしていたという。

町長の折紙付きの北野さんはどういうわけか私には愛想はないものの丁寧に何でも答えてくれ、窯の火入れの時は、近くの旅館に泊ってつききりで見せて貰った。労働大臣賞の時は上京しなかったのに、ある日突然もんぺ姿で肩からポシェットのように袋をかけて東京のわが家に現われた。その話を町長にしたら「へえー、人の家をたずねるなんてしたことのない人ですのに」と驚かれた。その時のみやげは桃山時代のお歯黒壺だった。

越前町の催しは、「生誕一〇〇年企画　北野七左衛門回顧展・一門展」で、あの気難しい北野さんに師事して独立した方が大勢いてこんな多様な作品を製作しているのか、と驚かされた。

不思議な旅

いよいよ私は認知症になった、と思ったのは、十一月十六日十七日に若狭で催された〝ハート&アートフェスタ二〇一三〟の時である。福井県は石川県に接している越前と、横長く若狭湾を抱えている若狭地方からなり、同じ県でありながら若狭は京都に近いので文化は京都圏である。

大陸文化が若狭湾から流入して奈良、京都へ伝わり、奈良、京都の文化は若狭地方に伝わるので、国宝や重要文化財の寺社や塔や仏像が多く、海のある奈良とも言われている。

私は福井市に十歳まで暮していたので福井出身者として何かと福井へ呼ばれることが多い。福井県を舞台にした福井五部作と地元で言われている「炎の舞い」（越前古窯）、「遅咲きの梅」（石田縞織《しまおり》）、「花がたみ」（越前和紙）、「絹扇」（日本の輸出産業の三本の柱と言われた絹織物）、「白百合の崖《きし》」（若狭の歌人山川登美子）がある。

ハート＆アートフェスタという催しは、毎年行われていたのに、私は知らなかった。福祉と文化の祭典と銘打たれ、障害者の文化活動とのふれあい、若狭町内歴史遺産とのふれあい、住民の生きがいと健康づくりを柱としている。これに私は講師として招かれたのである。

カラー刷のチラシの日程及び場所は十一月十六日（土）十七日

（日）パレア若狭とあった。私は土曜日に行って、日曜日が本番だと思い込んだ。そのため金曜日に美容院にはいろうとした時に帰山美智栄氏からの携帯電話が鳴った。

この企画にかかわる以前から親しかった帰山氏は、これぞキャリアウーマンと言ってもよい才人で実行力があり、福井県立音楽堂（ハーモニーホールふくい）建設の時にも力を尽している。もと県庁にいた関係で顔が広く、各催しがある度に主催者から頼りにされており、名刺には文化サポート「楽」理事とある。越前よりは縁の薄い若狭の催しだが、帰山氏に依頼されて引受けたのである。

携帯電話では、いま京都駅のホームで待っていたが、私が下りて来ないので連絡したと言う。私は驚き、明日京都駅で待ち合わせではなかったか、と言った。彼女は今日若狭に着いて、明日の土曜日に対談だ、と言う。美容院どころではない。

私はタクシーを拾って家の前で待っていて貰い、バッグに洗面具や化粧品や着替えや当日着ようと思って用意してあった服を詰め込み、吉祥寺からJR中央線で東京駅へ行き、のぞみに飛び乗った。吉村がいたらどんなに怒るだろう。こういう時、私は必ず転んで骨折したり捻挫《ねんざ》したりするのだ。のぞみは一時間に何本も出ていて、京都まで二時間二十分である。それでも帰山氏を四時間待たせた。

京都から琵琶湖《びわこ》の西側を走る湖西線のサンダーバードに乗り、近江《おうみ》今津《いまつ》に迎えに来ていた車で今津サンブリッジホテルに着いたのは九時だった。主催者の方たちと会食する予定だったのに、時刻はとうに過ぎていた。迷惑をかけ通しである。

ホテルは琵琶湖に面している。朝食のバイキングは目の前にひろがる美しい湖を見ながらで、ガイドブックででも調べたのだろうか、グループの外人客が来ていた。

会場のパレア若狭は音響のいいホール、図書館、AVコーナー、音楽スタジオ、ギャラリー、研修室、茶道・華道に使う和室、大浴場、診察室、ヘルパーステーション、高齢者が一時入所出来る生活支援ハウスなど、広大な面積にさまざまな施設が設置されており、美容室まであって私はそこで髪を整えて貰った。こんな施設は他にはあまりないのではないだろうか。ここへ来れば、何でもかなう。

ホールは幸い満席だった。パレア文化課の飛永恭子氏らの企画で、舞台の後のスクリーンに、私の幼児から少女時代、上京してからの女学校時代、勤労動員、戦後疎開先《そかいさき》で開いた洋装店、学習院文芸部時代に吉村が同人雑誌を活版にするために催した古典落語研究会、結婚式、新婚のアパート時代、漸《ようや》く建てた平屋十五坪の家、芥川賞授賞式、芸術選奨文部大臣賞授賞式の日に芸術院前で撮った写真等が次々出て、作品の朗読もあり、長谷光城《ながたにみつしろ》氏がそれに添って話を進める。画像とお喋《しゃべ》りで、二時間はあっという間だった、と感想文が寄せられていた。

「津村節子が語る文学者としての道のり」とは身に余る。

贅沢《ぜいたく》な施設は、周囲に何もない場所に建っていて、どこからこんなに人が集るのか、と不思議だった。帰りに近江今津まで車で送って貰ったが、駅の周辺は人家もまばらで駅員も駅舎に一人しかいない。改札もフリーパスで、帰山氏とサンダーバードに乗るためにホームに上ったが、何輛《りょう》編成の何号車停止位置と印《しる》してあっても、何輛編成が来るのかわからないし、駅員がいないので聞くことも出来ない。

湖に面したホテルと、何でもアリのパレア若狭の最寄り駅とは信じられぬ人気のない淋《さみ》しい駅だった。

ふるさと文学館

かねてから、私は福井県は文学者を多く輩出していることを思っていた。もっとも小さな県であるから、人口比で言えばの話である。

福井県出身の文学者は高見順、中野重治《しげはる》、水上勉《みずかみつとむ》、多田裕計《ゆうけい》、桑原武夫《くわばらたけお》、藤田宜永《よしなが》がすぐ挙げられる。詩人も多く、中野重治の妹中野鈴子、荒川洋治、広部英一、岡崎純、若狭には歌人の山川登美子がいる。

芥川賞受賞者の多田裕計は郷里の先輩作家として、私が芥川賞を受賞した時に対談をしたし、藤田宜永が直木賞を受賞した時には私が先輩として対談をした。芥川賞、直木賞が特に作家の力量が秀《すぐ》れているわけではないが、いつの頃からか世間的に名が知れた賞になった。福井県には芥川賞の多田裕計と私、直木賞は水上勉と藤田宜永、それぞれ二人ずついる。各都道府県の人口比での作家の輩出数の順位は、福井県が二位と以前荒川氏が言っていたが、こうして並べてみると納得させられる。

植物はその成育に適した土地に育つように、文学も気候風土に培《つちか》われるように思われる。これだけの文学者がいるのにもかかわらず、福井県にはこれまで文学館というものがなかった。

県立図書館は、広大な敷地に建つ日本一と言ってもいいほどの規模である。職業柄資料を調べるために図書館を訪れることが多いが、私はまだ福井県立図書館ほど広い図書館に行ったことがない。入口近くに県のゆかりの作家の著書や資料が集められていて、その後行った時には館の一部を仕切って文学館としてのスペースになっていた。

同人雑誌の仲間だった瀬戸内晴美（寂聴）氏が、以前徳島県には文学館というものがないの、と言ったことがある。私も福井県にもないのよ、と言った。その後平成十四年に徳島県立文学書道館が開館し、私は瀬戸内さんから頼まれて十七年に講演に行った。その立派な建物と設備と展示に羨望《せんぼう》を覚えたことを思い出す。

平成二十七年二月一日、福井県立図書館内に福井県ふるさと文学館が開館するということで、私は開館式に出席することになった。どうせ開館するなら、せめて三月ぐらいの少し春めいた季節に、と思ったが、県のほうでは準備が整えば少しでも早くと思ったのだろう。

東京は珍しく雪が降り、無論福井は雪の季節である。当然雪が降っていたが、まだそれほど多い量ではなかった。最近私に地方から出席の依頼がある時には、必ず〝二人〟で、と言ってくるようになった。つまり、一人では心配な年齢になったのである。二十六年は岡山市の医学関係懇話会の講演には娘が同行し、福井県勝山市の催しには息子がついて来た。福井は通い慣れた土地で、東海道新幹線ひかりの八号車に乗れば米原《まいばら》で北陸本線への乗り換えに便利な陸橋の場所に停る。ひかりは雪に弱いので遅れることが多く、北陸線はそれに連絡するために待っているから、乗客に八号車に集まるようにとアナウンスする場合がある。そんなことは承知の上だから初めから八号車に乗る。

今回は「波」の編集長木村氏に一緒に行って貰うことにした。福井県ふるさと文学館開館ということで、もとお世話になった講談社の天野敬子氏と岩波書店「世界」の担当編集長だった山口昭男《あきお》氏も同行するということになり、賑やかな楽しい旅になった。

四人で私の行きつけの郷土料理屋に行くつもりだったが、思いがけなく西川一誠《かずみ》県知事が当日対談の相手の藤田宜永氏も一緒に宴席を設けて下さっていた。ふるさとはありがたきかな、である。藤田さんとはすでに対談をしたことのある旧知の仲で、当日喋ることをみな喋ってしまい、盛り上った。

ふるさと文学館は、大き過ぎると思った図書館の半分を使って、福井県に関する展示が開催されていた。これだけ広いと、十二分のスペースがある。私は福井を題材にした長編を「炎の舞い」「遅咲きの梅」「白百合の崖《きし》」「花がたみ」「絹扇」の五作書いているが、夫の吉村昭も福井で天然痘の予防に腐心した笠原《かさはら》良策を書いた「雪の花」、「解体新書」の訳者、杉田玄白（小浜藩医）と前野良沢を書いた「冬の鷹《たか》」、それに「天狗《てんぐ》争乱」も水戸藩尊皇攘夷派《そんのうじょういは》（天狗党）の争乱が敦賀《つるが》に入っており、これら福井に関係した作品の取材で度々福井を訪れているので、文学館の第一回の特別展示は「夫婦作家の軌跡」というテーマになっている。

大き過ぎると思った図書館は、文学館としての性格が加われば今後もさまざまな福井ゆかりの作家や作品の展示を催して、文学を通じて福井を理解して貰える施設になると思う。

私が福井に文学館を、と言い出したのは十年も前からだ、と県の職員の方に言われた。徳島県立文学書道館に行った頃から口に出すようになったのだろう。福井生れだというだけでそんな大それたことを言っていたのか、と反省したが、図書館が大き過ぎたことは幸いだったと今になって感謝している。

三十人のジュリエット

多くの文学者を輩出している福井県のふるさと文学館の開館式に出席した。日本一大きいと言われている県立図書館の半分を文学館として使用することになったのだが、それにしても広い。

文学館開館の展示は各ゾーンにわかれていて、展示品の多さに驚かされた。夢中で観《み》ていたら、予定時間をオーバーしそうになった。

最後に目にはいったのは、思いがけなく少女歌劇の男役スターの舞台写真であった。こんな写真が展示されているのは、私の思い出のコーナー以外にあり得ない。これは間違いなくだるま屋百貨店の少女歌劇である。

だるま屋というのは昭和三年、私の生れた年に県内にはじめて開設された百貨店である。創設者坪川信一氏は経営理念として「教育の商業化、教育の生活化」を掲げている。だるま屋の幹部はすべて教育者出身だということを、今回資料で初めて知った。子供向きに「コドモの国」を開設し、「だるま屋少女歌劇」も設立して地域の文化活動に貢献したのである。

だるま屋は異色な百貨店として全国に知れ渡った。当時の雑誌に「既成商人を圧倒する素人《しろうと》商売」「社会教育の実行者　だるま屋百貨店の経営」などと紹介されている。私は幼い頃からだるま屋へ連れて行って貰うのが最高の楽しみで、当時市内にレストランなどなかったから、だるま屋の食堂で食事をし、文具やオモチャを買って貰うのが嬉しかった。だるま屋へお嫁に行くのが、私の夢だった。

だるま屋少女歌劇は、大正時代に小林一三《いちぞう》が創設した宝塚少女歌劇をまねたもので、第一回公演が開幕したのは昭和六年である。宝塚少女歌劇と、大阪の松竹少女歌劇（ＯＳＫ）。日本に少女歌劇と呼ばれるものはこの二つで、それに福井のだるま屋少女歌劇が加わったのである。

父は市内の中心部にあたる織物屋街で商売をしていたから、店には若い丁稚《でっち》さんたちがいて、歌劇のスターの誰それがいい、と憧《あこが》れていた。近隣の市町村の人たちは、福井へ行くんか、福井へ行ったらだるま屋へ行くんやろ。少女歌劇も見るんか、と羨《うらやま》しがられていたようだ。演目は時代劇、現代劇、歌劇、歌舞伎、ダンスショーなど、宝塚少女歌劇の小規模なもので、私が覚えているのは華やかなダンスと、シェークスピアの「ヴェニスの商人」、「ロミオとジュリエット」、夏になると「牡丹灯籠《ぼたんどうろう》」などが演じられ、夜うなされたりした。宝塚少女歌劇は東京では宝塚劇場で、松竹少女歌劇は浅草の国際劇場でも演じられていたが、福井のだるま屋少女歌劇を知っている人は殆《ほとん》どいないだろう。

私が「雨の夏、三十人のジュリエットが還《かえ》ってきた」を日生劇場で観たのは、昭和五十七年である。清水邦夫《くにお》脚本、蜷川幸雄《にながわゆきお》演出で、ロミオとジュリエットの劇だということと、日生劇場で演じられるということが魅力だった。日生劇場のオープンは昭和三十八年で、豪華な劇場という印象だった。

この劇は、私にとって思いがけないストーリーだった。

太平洋戦争直前、日本海沿岸の都市にある百貨店に「石楠花《しゃくなげ》少女歌劇団」が結成され、ヒロインと男役が人気を集めていたが、空襲によって団員の半数が死亡してしまい、残りの半数もちりぢりになって行方がわからなくなる。ヒロインの風吹景子は頭に負傷し、夢うつつで生きている。男役弥生俊は死亡したという。

三十年間風吹を支えてきた歌劇団のファン「バラ戦士の会」の男たちが、歌劇団を再結成しようと計画して、新聞に広告を出す。すると弥生俊は生きていると連絡がはいって、弥生俊と妹が現われるが、俊は視力を失っている。

舞台には大階段が設《しつら》えられ、つぎつぎに現われるジュリエットは、引退して芸能活動はしていなかった宝塚出身の淡島千景、久慈《くじ》あさみ、甲にしき、汀《みぎわ》夏子、など懐《なつ》かしいもとスターたちで、共演は佐藤慶。

この劇のヒントは、戦災で焼失した福井のだるま屋の少女歌劇であるとは、私は観るまで知らなかったので感慨深かった。劇場の舞台の階段は、だるま屋の階段をイメージさせる。

だるま屋は、昭和二十年、福井大空襲によって焼失した。ようやく復興したところを昭和二十三年の福井大震災で壊滅状態になったが、現在も市民に親しまれている百貨店である。

清水氏は、北陸の百貨店の少女歌劇のことを、どういうきっかけで知ったのかわからないが、極めてドラマチックな舞台になっていた。

カメラマニアの父

昭和十九年、文部省科学研究補助技術員養成所が設けられた東京工業専門学校の写真科に通っていた六カ月間、実習の時にめいめいがカメラを持って行ったが、私が父の遺品のエキザクタベストを持って行くと、写真科の教授がローライコード二台と交換してくれないか、と言われた。学校の資料室になかったのだ。

エキザクタベストはドイツのイハゲー社製の一眼レフカメラで、テッサーの2・8のレンズがついていた。ピントを合わせる時にフックを押すと折りたたまれている上部の蓋《ふた》が四方に開き、ピントグラスが現われる。そこに被写体が映るのである。

カメラを胸の位置に構えてピントグラスをのぞく。フィルムはベスト版で、横長の写真は引伸しをしなくてもそのままでアルバムに貼《は》れた。但《ただ》しフィルムは八枚分しか撮れなかった。八枚しか撮れないフィルムは、贅沢で勿体《もったい》ないな、と思ったものだ。

父はライカも持っていたが、エキザクタベストが気に入っていてよく子供たちを写していた。引伸ししない写真は小さくて見映えがしない、と私はのちのちになって思ったものだ。

父はシネカメラの撮影機と映写機も持っていて、子供たちとの行楽の時に、福井の海水浴場三国海岸で撮影した映像もある。タイトルはそれぞれに自分でつけて、〝海へ　山へ〟というタイトルには、上部にかもめが、下方に山のカットが描いてある。

当時の水着はスリップのようで、妹がシマシマのスリップを着て海の中に腰まではいり、両手を上げはしゃいで踊っているようなシーンもある。最初の頃は九ミリ半のフィルムで、さほど鮮明な映像ではなかったが、それでも自分たちが停止した写真ではなく動く活動写真に出てくるのは珍しく楽しかった。

わが家で映写会をすると、家族や店で働いていた住込みの丁稚さんや、通いのおばさんや住込みのお手伝いさんが物珍しがって集ってくる。なぜか御近所の人たちがつぎつぎにやってくる。どうしてうちで活動写真を映していることがわかるのか、と聞いたら、家の電灯が暗くなるのだそうだ。

わが家のある一地域は織物屋が集中していて、織物屋街と呼ばれていた。のちに東京で福井文人の会が時々持たれるようになった時、映画監督の吉田喜重《よしだよししげ》氏のお宅が御近所で、織物業だったと聞いた。

父は、家族の行楽の活動写真などお見せするのは恐縮なので、八ミリの撮影機と映写機を購入した。その頃から娘たちの成長記録ではなく、御近所でうち揃《そろ》って京福《けいふく》電鉄に乗り、松茸《まつたけ》狩りに行ったり、家族で東尋坊や、芦原温泉に行ったりした一日を記録している。チャーリー・チャップリンやローレルとハーディーの映画フィルムも購入して、見に来られる方たちにサービスしていた。

父は福井市の織物屋街に、勝山の大手企業松文《まつぶん》産業の福井出張所を預っており、自分でも丸マ商店を営業していた。丁稚さんらが大勢いたのは相場をやっていたのだと思う。人絹取引所が近くにあり、従業員や丁稚さんらは時間になると取引所へ出かけて行く。私は相場を張る威勢のいい声が面白くてよく見に行ったが、母はそれを嫌がっていた。その頃が、福井の織物が一番盛んだった頃だと思う。

日支事変が始まって、絹織物の輸出どころではなくなった。

松文産業では、羽二重でパラシュートを作ることになった。子供心にも、羽二重でパラシュートだなんて、贅沢だなあ、と思った。羽二重は厚手の物は黒紋付になり、母が亡くなった時は、姉妹三人白羽二重の喪服を着た。

父の映画に、松文の羽二重で作ったパラシュートの実験映像がある。

グライダーに搭載したパラシュートが大空に開くさまは、何と美しい光景であったろう。こんなに贅沢なパラシュートが世にあろうか。

戦時中私たちは、埼玉県入間川町に疎開し、敗戦を迎えた。鬼畜米英が豊岡の航空士官学校に進駐してきて、店々はＯＦＦ　ＬＩＭＩＴＳの看板を掛け、町は死んだようになった。

戦時中は鬼畜米英と叩き込まれていたのでどんなに怖《おそろ》しげな鬼畜かと恐れおののいていたが、兵隊たちの鬱屈《うっくつ》を晴らすために女を置いたカフェや飲食店が営業を始め、町の主立った商店主たちが共同出資で始めたスーベニアショップにもう着る機会もなくなった振袖《ふりそで》や、お金に困って持ち込まれてくる指輪や髪飾りが並び、羽二重で縫ったハッピコートにスイトハートの写真をペンキ屋に出して描かせたりするようになると、かれらは町に出歩く楽しみが出来て、陽気で人懐っこい面も見せるようになり、町の人々も徐々に警戒を解いていった。

Ⅳ　移ろう日々の中で

箱根一人旅

スイッチバックしながら急な山道を登る登山鉄道で強羅《ごうら》に着くと、駅構内は帰る客も入りまじって大変な混みようだった。暑さは東京とさして変らなくて、私はあてがはずれた。箱根は避暑地だと思っていたのである。

娘にインターネットで箱根のホテルの空室を探すよう頼むと、芦《あし》ノ湖《こ》畔の心あたりのホテルは全部ふさがっていて、強羅のホテルが四泊とれたのは奇蹟《きせき》だ、と彼女は言った。私は学校が夏休みであることも、お盆が近いことも念頭になく、たまたま予定がはいっていない期間に休暇をとろうと思ったのだが、出版社や新聞社もこのあたりで休む人が多いようで、予定表が空欄になっていたのはそのためだと思い当った。

箱根は近いので姉妹たちと何度も来ており、女性作家の仲間たちと来たこともある。仕事以外に旅行をしたことのない吉村と旅行するには、かれの取材や講演について行くしかないが、一度だけ箱根に来たことがあった。

古い予定表を繰ってみると、かれの予定表には殆《ほとん》ど毎月のように長崎、ついで札幌や宇和島も再々記されている。長崎百回目は、〝長崎奉行〟任命式の時で、平成十年の二月である。箱根はその年の八月で、吉村の予定表には〝箱根〟と書いてあるだけだが、私は躍るような字で、〝箱根　ロマンスカー一一時　プリンスホテル　昭さんと〟と記している。

箱根旅行の発端は、吉村が親しくしていた新潮社の担当者の栗原正《くりはらまさ》哉《や》氏から、今年は一月ぐらい夏休みをとって下さい、と言われたからである。その頃吉村は毎月のように新聞や文芸雑誌に連載をしていて、著書も次々出版され、極めて多忙だった。

当時多くの作家が軽井沢で夏を過し、各出版社の寮もあって文壇が大移動する。せめてどこか涼しい処《ところ》へ、と毎年私は言い続けてきたのだが、栗原氏に言われて吉村は漸《よう》やくその気になったのである。

極寒の季節に、北海道大別刈《おおべつかり》の浜で引揚船小笠原丸沈没の取材に行ったかれは足指に激痛を感じ、東大の血管外科で検査を受けて血管の循環障害のため壊疽《えそ》になるバージャー病であると言われた。診察室前の廊下には、片脚や両脚ともない患者がいた。以来足が冷えると言って書斎では冷房をつけない。綿のステテコ一枚に鉢巻をして書いており、さすがに疲れが出ていたのである。

私は姉の夫の転勤先神戸によく遊びに行っていて、姉は神戸ぐらいおいしい店のある街はない、と私を連れ歩いていた。吉村も取材の帰りに寄って様子がわかっている。関西方面の人にとって六甲山は避暑地で、別荘やホテルがある。

はじめ一月ぐらいと思っていたのに一月は長過ぎると夫は言い出し、神戸は遠過ぎると言うので、漸く話し合いの上、箱根に一週間ということになった。プリンスホテルは大浴場が芦ノ湖に面していて、湯に浸りながら遊覧船が通って行くのが見える。ショッピングアーケードがあって、サマーバーゲンも始まっているだろう。各方面行きのバスが何系統も走っているし、ロープウェイもあり、各所に美術館があるのも私が気に入っている理由であった。

だが吉村は、二泊しただけで飽きてしまった。ホテルのレストランで食事はしたくないし、近辺に小料理屋もない。バスに乗って美術館めぐりする気もなく、ロープウェイや遊覧船に乗る姿など想像も出来ない。部屋で仕事をしていればいいのだが、それなら家の書斎がいいと言う。一週間という約束だったが、結局二泊三日で帰って来てしまった。話を聞いて栗原氏も苦笑していた。

強羅のホテルは徒歩五分とあったが、急坂なので、到着時に駅まで迎えの車が来た。ツインルームのシングルユースだから、広々としていて、窓から大文字焼の火が見えると言うが、大文字焼があると聞いた十六日まで滞在するつもりはない。ホテルと言っても箱根だから温泉大浴場があり、温泉好きの私はすぐ浴衣《ゆかた》がけで地下の浴場へエレベーターで下りた。夕食は一階ロビーの傍のレストランで、案内されたのは奥まったテーブルだった。

時節がらレストランは満席で、若い二人連れ、年輩の夫婦、子供たちを伴った家族らが賑《にぎ》やかに食事をしている。一日目はみな同じ料理だが、二日目、三日目になると、「吉村様お献立」と書かれた献立表に従って前夜と違うコースが運ばれてくる。席は奥まったテーブルが定席となった。話し相手もなく、賑やかなレストランの中で黙々と一人で食事をしても食は進まず、懐石の献立表を見ながら、これとこれはぬいて、と言う。微笑しながら、承知しました、と言う従業員は、一人だけの年寄りの女の滞在客をどう思っているだろう。結局三泊四日で帰ってしまったが、箱根に吉村と二人で来た夏のことを思い出した。

二十八組の洗濯挟み

今年（平成二十四年）は吉村が亡《な》くなって六年になる。

昨年思いがけなく私が文学賞を受賞し、そのお祝の会をしていただいた。お祝の会は二度あり、一度は以前夫婦が長くお世話になって、すでに退職された方々と、もう一度は現在私がお世話になっている担当編集者の方々が集って下さった。現役担当者の会は、授賞式が行われたホテルの最上階のレストランで、受賞者の私が何も食べていないだろうという配慮から席を設けて下さったのである。

四十年以上も前からのＯＢのお仲間は、新年会以外に旅行も度々した懐《なつか》しい間柄であり、現役の方たちは他社の編集者と一緒にゆっくり飲む機会がないらしいので、それならうちで新年会をしようと思い立ったのである。

しかし、吉村が亡くなって家を建て替えてしまったため、集ると言ってもスペースがない。昭和四十四年に建てた前の家は夫婦、子供二人、お手伝い二人の六人暮らしで、中二階には公園側に夫婦の寝室を配し、お手伝いの個室、夫婦の書斎、応接間、玄関ロビー、洗面トイレ、階段を数段上って二つの子供部屋とサンルーム。階下には唯一《ゆいいつ》の和室八畳間とリビングダイニング、台所玄関、浴室洗面トイレなどの水廻りがあった。

坪数は中二階が遥《はる》かに広く、井の頭公園の林に向って長く突き出ていて、その下部は広いテラスになっており、食堂から公園の林が見えるような設計になっていた。吉祥寺の書店で遠藤周作氏のサイン会があった時私も本を買って並んだが、時間内に終らず、別室で残りの本のサインをされた。私もその部屋に誘われて一緒にお茶を喫《の》み、遠藤さんを送る車が私を送ってくれた。南向きの横に長い家を見た遠藤さんは小手をかざして、「ほう、戦艦武蔵のような家ですなァ」と言われた。

建築会社はデザインばかり重視して、耐震を考えなかった。建築雑誌に〝公園を借景にしたテラス〟などと写真が出たが、地震があるとテラスの上に載っている中二階部分が大揺れに揺れた。テラス部分に鉄筋の筋交《すじかい》がはいっているが、そんなものはたいして役に立たない。

夜中に揺れると吉村は寝室から走り出て、子供たちの部屋に向った。子供たちを心配しているのかと思ったが、その下はがらんどうのテラスではなく和室、リビングダイニング、玄関、などがあるので安全なのである。「関東大震災」を書いた吉村は地震に対する恐怖が大きいらしく、ベッドを離れない私をひどく鈍感な女だと思っているようだった。

テラスに部屋を作ってから、中二階は揺れなくなった。その代り、全く用途のない広い部屋がふえた。来客用には中二階の玄関からはいる応接間があり、親しい人たちは一階のリビングダイニングに通す。テラスに作った部屋はただ中二階を支えるためにある。しかし、その部屋が出来たために、新年会は大勢の方たちが招けるようになった。二人とも長い間書き続けてきたから、お世話になる編集者はふえ続けている。以前は和室とリビングダイニングだけだったから、和室にぎゅうぎゅう詰に坐《すわ》って貰《もら》っても、ダイニングテーブルの六脚の椅子《いす》と合わせてせいぜい十四、五人が限度だった。テラスの部屋が出来てから、一番多い年は二十八人集った。

私はショッピングカートを引いて、吉祥寺のおでん種専門店に買出しに行き、お手伝いたちは前日からおでんのだしをとって、大根や、福井から取り寄せる煮くずれしない上庄《かみしょう》里芋、こんにゃく、昆布などを煮始める。当日は一口カツ用に切って貰ったヒレ肉を揚げ続け、錦《きん》糸《し》玉子、ハム、きゅうり、春雨などのサラダに丹羽文雄夫人直伝のレモン汁や蜂蜜《はちみつ》入りのドレッシングを添える。

吉村が取材先で親しくなった長崎や宇和島の店々からお歳暮に送ってくるからすみやてんぷら（魚のすり身を揚げたさつま揚げ）、福井や新潟から送られてくる日本酒の大吟醸、福井も新潟も米どころで水がいいから、お酒は格別である。

二十八人も集ると、酔ってコートや靴を間違えて帰る人がいるので、私は洗濯挟み二組に名札をつけ、コートと靴に付けるようにした。夫はテラスの部屋のソファーに坐り、私が台所の様子を見たり、築地の場外で買った仕切りのある銅のおでん鍋《なべ》に大鍋で煮てあるおでんを追加したりしていると、節子、節子、と呼び立てる。私が芥川賞を受賞した年に入社された和田宏氏が、「津村さんの担当者も多いんですから、節子、節子、と呼び立てるのはやめて下さい」と言って会場が沸いた。

現在の家は、娘一家との二世帯住宅に建て替えたため、私一人のスペースは門からのアプローチ、玄関ホール、書斎兼寝室、リビングダイニングと風呂《ふろ》トイレ洗面所しかない。今年の新年会は、大きなテーブルのソファーセットに八人、ダイニングテーブルに六人、あとは座《ざ》布団《ぶとん》を並べてOB組と現役組と二度にわけてぎりぎりだった。

二十八組の洗濯挟みを見ると、昔の新年会を思い出す。

仲間たち

大学の文芸部時代の友人、荘司《しょうじ》賢太郎氏が亡くなったという報《しら》せが、仲間からあった。仲間というのは文芸部演劇部のＯＢ会〝たつのおとしご会〟の会員で、会の名称は、真船豊の「たつのおとしご」を上演する許可をいただきに行った吉村昭がつけた。在学中から数えると六十二年のつきあいになる。

文芸部の同人雑誌に発表した作品を演劇部が放送劇にしたり、雑誌の資金集めに催していた古典落語研究会の舞台の準備や切符売りに演劇部が協力したり、両部は極めて親交が深かった。

文芸部の委員長だった吉村昭が、同人雑誌をガリ版刷りから活版にする資金集めに始めたのが古典落語研究会で、父親が耳鼻咽喉科《じびいんこうか》医の短大生から、著名な噺家《はなしか》たちが治療に来ると聞いて思いついたのである。学習院の講堂で落語会を催すとはとんでもない、と学生課長に一蹴《いっしゅう》されたが、吉村はすでに古今亭志ん生さんと春風亭柳好さんから承諾を戴《いただ》いていた。安倍能成《あべよししげ》院長に直接掛合いに行ったところ、本当にそんな人たちが来るのか、と驚いて、乃木希典《のぎまれすけ》院長時代に作った金屛《きんびょう》風《ぶ》を貸して下さった。伝え聞いた早稲田の学生が取材に来たりしたが、落研《おちけん》のはじまりは学習院文芸部である。

仲間たちは頼もしい助っ人《すけっと》で、吉村や私のサイン会に駆けつけてくれる。助っ人と言えば、私が短大を卒業する記念に演劇を公演したいと口にしたら、一同はどっと短大にやってきた。私は学習院に短期大学部が創設された翌年に入学した二期生で、当時女子は女子大に進むのが普通だったから、大学部に女子学生はまだ十人足らずしかいなかったので、短大の女子学生が珍しかったらしい。

岸田國士《くにお》の「葉桜」なら一幕で出演者二名だからと言う吉村の助言で選んだのだが、美術部にもはいっている文芸部の部員が舞台の背景いっぱいに葉桜を描き、大道具、小道具にも手を出すし、演出は私なのに吉村が口を出す有様で、短大の公演か、大学の公演かわからなくなった。先生方は創設間もない短大の演劇公演に、拍手喝采《かっさい》だった。

仲間たちには卒業後、男子女子とも、放送局に就職する人たちや、劇団にはいった人、学習院創立百周年記念会館正堂で菊池寛の「父帰る」を公演して以来、演劇活動を続ける人などがおり、演劇集団たつのおとしご会を引き継いだ佐藤修氏は、日本橋劇場で採算危うい公演を後輩を率いてやっている。平成二十三年はアガサ・クリスティの「殺人をふたたび」、二十二年はボーマルシェの「フィガロの結婚」、今稽古《けいこ》にはいっているのはモリエールの「タルチュフ」である。

採算が心配なのはプロである寺崎裕則氏の公演で、私は舞台より客の入りばかり気にしている。日本にオペレッタを根付かせようと志した寺崎さんは、まだ殆どの人がオペレッタなどというものを知らない昭和五十二年に第一回公演「ワルツの夢」を新宿の厚生年金会館で上演して以来、オペレッタの歌役者を育て、友の会で愛好家をふやし、平成二年には、寺崎さんが創立した日本オペレッタ協会が「ジロー・オペラ特別賞」を受賞した。オペレッタツアーに私も何度か参加したが、驚いたことにハンガリー国立ブダペスト・オペレッタ劇場で、寺崎さんが率いるメンバーがレハールの「微笑《ほほえ》みの国」を日本語で（字幕は出たが）公演し、フィナーレには観客が総立ちになって拍手が鳴り止《や》まなかった。

福井新聞社一〇〇周年記念に何かいい企画はないか、と相談された時、音響効果抜群のハーモニーホールふくいがオープンして間もなかったので、私が「歌で綴《つづ》る福井の歴史」を書き、寺崎さんの演出で公演した。その後も、私は「福井モダアン」「福井ルネサンス」を書いたりし、一時期創作がおろそかになって、吉村にお前道を誤るなよ、と言われた。

先日（平成二十四年）二月二十五、二十六日は北区の北とぴあで「ローベルト・シュトルツの青春」の公演があったが、荘司さんの葬儀と重なって、親しい友人の明暗に暗澹《あんたん》とした。荘司さんは寺崎さんのオペレッタの台詞《せりふ》の中に軽妙なシャレを二こと三こと書き入れるのが趣味だった。

かれは学生時代から邦楽にのめり込み、たつのおとしご会で旅行すると、三味線を弾きながら美しい声で小唄《こうた》を歌って聞かせてくれた。「助六由縁《ゆかりの》江戸桜」が公演される折には、地方《じかた》「河東節十寸見会御連中《かとうぶしますみかい》」として御簾内《みすうち》で河東節を語る。かれの死を報せてきた山岡敏郎氏は長唄の長老、荘司さんは荻江節《おぎえぶし》の長老で、二人が助六に出演する時には仲間たちが動員される。

荘司さんは一生独身で、ひとり暮しだった。山岡さんは新年会で顔を合わせており、少し連絡が絶えたと思っていたら、亡くなっていたという。心臓麻痺《まひ》か脳溢血《のういっけつ》のような突然死だったのだろうが、瞬間に亡くなったのならまだしも、死を自覚して知らせるすべがないまま一人でいたのだったらと思うとつらい。かれの死を発見した人は警察に届けたのだろう。仲間は誰もかれに会っていない。

三百六十四段

小説を書くことぐらい心身共に負担のかかる仕事はない、と思う。同人雑誌時代はしめきりも枚数も決められているわけではないが、限られた雑誌のページに掲載される作品を書くのには他の同人たちと鎬《しのぎ》を削り合い、作品が掲載されれば合評会で痛烈な批評を浴びる。

ヨーガを始めるきっかけは、丹羽文雄氏が主宰しておられた「文学者」に参加していた頃のことである。

「文学者」は第一次と、休刊になってから再び発刊された第二次の通算二五六号で終刊になった。第一次には瀬戸内寂聴さんが三谷晴美という名前で参加していて、広池ヨーガ健康法の創始者広池秋子さんも当時作家志望だった。三谷晴美も吉村昭も津村節子も全く鳴かず飛ばずの頃に、広池さんは「オンリー達」が芥川賞候補になり、「零下の群れ」が直木賞候補になっていた。当時米軍基地があった立川に住んでいて、米兵相手の娼婦《しょうふ》を書いた作品である。

広池さんはひどく痩《や》せていて顔色が悪かった。胃のあたりをおさえたり、眉《まゆ》をしかめたりしていて「どこかお悪いの」と聞くと、「どこもかしこもよ」と言っていた。

第一次「文学者」が休刊になった時、私たち夫婦は小田仁二郎《じんじろう》氏、瀬戸内晴美さんらと「Z」という雑誌を始めたが、広池さんたちは

「女流」という雑誌を出した。第二次「文学者」が始まるまでは、顔を合わせることもなかった。

久しぶりに会った時、彼女は見違えるように肌の色艶《いろつや》も秀《すぐ》れ、肉付きもよくなっていた。「お元気そうね」と言うと、「ヨーガをやっているのよ」という返事だった。私は毎日机に向かい、背をこごめ、神経を磨《す》り減らす執筆活動を続けているので、常に体調が悪かった。広池さんに誘われて行ったのは、彼女の家のある中央線東中野駅近くの消防小屋であった。消防団員が泊る部屋なのか、畳敷の広い部屋に、三、四十人の人々が集っていた。

私は以前婦人雑誌でヨーガの取材をしたことがある。古代から伝わるインドの宗教的な実践方法で、精神を統一し、はるか彼方《かなた》の人と交信するとか、物質の束縛から解脱《げだつ》する法で、ポーズもアクロバットのようだった。ヨーガと言うと、みなアクロバットを想像する。

広池さんが指導しているのは、四肢の関節を曲げ伸し、躰《からだ》を伸展し、屈伸し、上体を左右にねじったり、首を前後左右に曲げたり廻したりして、あらゆる筋肉や関節を効果的に動かして細胞を若返らせる。

同時に深く息を吸い込み、長く吐き出す腹式呼吸をし、良質の血液を毛細血管の先端まで循環させるのである。

ポーズ、ポーズに名前がついていて、両腕両脚を伸して躰をアーチのように反らすアーチのポーズや、仰臥《ぎょうが》して両脚の爪先《つまさき》を頭の先の方へつける鋤《すき》のポーズ。両肘《りょうひじ》をついて頭を抱え込み逆立する垂直倒立などの他に、揺れるチューリップ、虹《にじ》をかけるポーズ、幸せ猫のポーズなど、作家だった彼女がつけるポーズの名前はユニークである。

オウム真理教がサリンを撒《ま》いたり、殺人を犯し問題を起した頃、ヨーガの始めと終りに「オーム」ととなえるのがはばかられたが、われわれは開き直ってビルの四階の教室に行く時に、「第四サティアンへ行く」などと言っていた。広池ヨーガ健康法は各地に普及して、教室は都内の百二十カ所を含めて三百二十カ所、指導者は四百人余いる。

一時間半さまざまなポーズを組合わせて終了すると、肩凝りがほぐれて躰が軽く、爽快《そうかい》な気分になる。一週に一度、ヨーガに通う日時を決めて、予定表には何も書き入れない。そうしないと、原稿の締切りや訪問者がはいってきてしまう。

吉村と出かける時に、井の頭公園を突っ切って池の橋を渡るのが駅への近道だが、「せっかく一緒に歩くのだから、もう少しゆっくり出来ないのか」と言われた。井の頭に新居を建てた時は嬉《うれ》しくて、二人で公園の池の周囲を歩いたり、近くの玉川上水べりを歩こう、と言っていたが、結局二人で歩くのは、散歩ではなく、用があって駅へ行く時だけであった。

私は白髪が一本もないのが自慢で、足腰が丈夫なのはヨーガのおかげだと思う。最近では津波の取材で三陸海岸の田野畑村へ行き、海のアルプスと称されるリアス式海岸中の名勝北山崎の第一展望台から、断崖《だんがい》を下りて海岸に達する第二展望台まで、急峻《きゅうしゅん》な崖《がけ》の道を三百六十四段下って登り、息も切れなかった。つき合わざるを得なかった若い講談社の嶋田哲也氏と須田美音さんこそ、不運だった。

原稿用紙

原稿用紙の最後の一冊が半分ほどになった。一冊と書いたが、百枚ずつはいっているビニールの包みである。

もう註文しなくては、と私は慌《あわ》てたが、何枚頼めばいいか考え込んでしまった。これからの仕事は恐らくエッセイを細々書くくらいだろう、と思ったのだ。ちょうど文芸雑誌に連載していた作品を書き終えたところである。その連載と並行してエッセイの連載をしているが、それはいずれ一冊にまとまるとしてもまだなかばであり、今後も書き続けることになる。

エッセイは雑誌の欄によって、あるいは新聞のスペースによって五、六枚のこともあるし、十枚以上になることもある。短篇も年に一、二作書くかもしれない。その程度なら、死ぬ迄《まで》にあと二百枚もあればいいか、と思った。長篇を書き終えたため、もうこれが自分の最後の仕事になったという達成感があったのである。

私の愛用している原稿用紙は、浅草の満寿屋《ますや》のもので、丹羽文雄氏がお使いになっていることを知り、先生にあやかりたいと思ったのである。原稿用紙百枚の袋毎《ごと》に、文雄という文字と落款《らっかん》が印刷された短《たん》冊《ざく》がはいっている。吉村昭も私も、以前は二つ折りになっているルビつきの一番ポピュラーなものを使っていた。値段も安い。満寿屋の原稿用紙は上質パルプを百パーセント使用している長時間乾燥の手造りのもので、ペンのあたりがよく眼にもよい。

罫《けい》の色は何種かあり、私はグリーンが眼にやさしいと思って薄いグリーンのルビなしのものを使用している。歴史小説を書く友人は、振り仮名をつける場合があるので、ルビ付きのものを使っていると言っている。ルビの罫がないものは横長の桝目《ますめ》で、すっきりして気に入っている。

満寿屋に、二百枚註文する時に、もうこのくらいで間に合うと思うと言ったら、

「何をおっしゃいます。これからもどんどんお書き下さらなくては」

と言われた。そして送られて来た二百枚の原稿用紙は、これまで長

い間御贔屓《ごひいき》にして戴いたので贈らせていただきます、と請求書はなかった。二百枚の原稿用紙の包みを見た時、あまりに薄くてこれでは代金は請求しにくいだろうと思った。何しろ吉村は五百枚一包みのものを四つ入れた段ボールで購入していたから、大変なボリウムの差である。

流行作家の原稿用紙の使用量はこんなものではないだろうが、吉村も歴史小説は千枚を越える作品があるから、連載が始まると段ボールの中の原稿用紙はそれほど長くはもたない。

私は満寿屋から二百枚の原稿用紙を贈られたあと、はっとした。細々とエッセイを書きながら終りたいと思っていたのに、新しく始める連載があったのだ。忘れていたわけではない。いや、やはり忘れていたのだ。連載を終えたばかりで、頭が空白になっていたのである。そろそろこちらのほうの御準備を、と担当者から言われた。これまで学生時代から六十年も書くことしか考えて来なかったのに、次の仕事を失念するなどということがあろうか。

テーマは、吉村が書斎に資料を残していった幕末の長崎の写真師上野彦馬《ひこま》である。これは、お前が書くべきだと言っていた。冗談ではない。私の書きたいものは私が探す。第一私は男性を主人公に小説を書いたことはない。会津戊辰《ぼしん》戦争を書いた「流星雨」も、主人公は太平洋戦争の中を生きた私と同じ年齢の少女に設定している。

吉村が私に上野彦馬を書けと言うのは、私が戦時中、文部省科学研究補助技術員募集に応募して、東京工業専門学校で写真の勉強をしているからである。かれは自分で上野彦馬を書くつもりだった。吉村の書く歴史小説は幕末の長崎にかかわっていることが多い。長崎へ取材に行く度に県立図書館や古書店に必ず行くから、取材以外に別のテーマを拾ってくるのである。

私に彦馬を書かせようと思い立ったかれは、おれは化学《ばけがく》は駄目だ、と言った。化学が駄目というのは口実である。零式戦闘機でも、遺体を解剖して骨標本を作る医師の話でも、徹底的に調査して書くのだから、写真の技術が書けない筈《はず》はないのである。

しかし、資料だけ遺《のこ》して死んでしまったのだから、遺言のように私の上に重くのしかかっている。書くまでかなり調査し、資料も更に集め、担当者は一緒に長崎へ行く気でいる。その社の雑誌に連載することになっているのである。

　二百枚の原稿用紙で足りるわけはない。私は更に三百枚の原稿用紙を註文し、前の二百枚と合計五百枚の代金を払いたいと言った。満寿屋は翌日原稿用紙を送って来た。そんなに急ぐことはないのに、作家の仕事が滞ってはならないと思ったのだろう。請求書は、あとの三百枚分の一割引きである。前の二百枚分を一緒に送金するのは厚意を無にすると思い、いい作品にせねば、と思った。

二つの雑誌

絶対採算のとれる筈のない、しかし私にとっては縁の深い雑誌が二誌ある。採算がとれないのに、どちらも絶えることなく今日まで続いてきている。

一誌は「季刊文科」という文芸雑誌で、創刊は平成八年七月である。創刊号の対談で、大河内昭爾《おおこうちしょうじ》氏が八木義徳《よしのり》氏と「風景」について語り合っている。「風景」という雑誌は昭和三十五年十月創刊で、五十一年の終刊まで一八七号続いた。

「季刊文科」の創刊を思い立ったのは、恐らく大河内氏が中心だったのではないだろうか。創刊メンバーを見ても氏の親しい評論家が集っており、吉村は大河内氏と、丹羽文雄氏が資金面で援助して下さった「文学者」（昭和二十五年創刊、二年休刊し昭和三十三年に復刊）のつきあいで誘われたのだと思う。

創刊号の編集後記に、大河内氏は創刊案内として「昭和三十年代から五十年代にかけて『風景』という雑誌がありました。舟橋聖一氏をかこむキアラの会が編集を担当し、紀伊國屋《きのくにや》書店の田辺茂一《もいち》氏を発行人に、野口冨士男《ふじお》、八木義徳、吉行淳之介《よしゆきじゅんのすけ》といった人たちが編集人に名をつらねていました。文学が文学として純粋に存在し、まだ輝いていた頃のことです。その昔をなつかしみ、またその純粋な存在を支持し、語りついでいきたいと念願して、さらに新鮮な文学の母胎ともなるべく『風景』にかわってここに『季刊文科』を創刊いたします」と記している。

大河内氏は「文學界」の同人雑誌評をしていたグループの勝又浩《ひろし》、松本徹《とおる》、松本道介《みちすけ》氏と毎月顔を合わせており、秋山駿《しゅん》氏は「文学者」の仲間である。

吉村が七年前に死去してから私がそのあとを引き継いだが、編集人たちの集りに一、二度顔を出した程度で、編集そのものにはタッチしていない。時折小説やエッセイを書いているだけである。しかし自分が多少かかわっているから言うわけではないが、「純文学宣言」を謳《うた》っている「季刊文科」は、大河内氏が文学が文学として純粋に存在し、輝いていた頃の文学を支持していきたい、と志していたように、文芸雑誌として秀れた編集をしていると思う。

対談、創作、エッセイなど著名な作家が名を連ね、「文學界」で止めてしまった同人雑誌評を同人雑誌季評として復活させ、名作再見の頁《ページ》を設け、各委員もそれぞれ評論や創作を執筆している。

一号から十二号までは発売元は紀伊國屋書店で、そのあと二社がはいり、平成十五年十一月の二十五号からは鳥影社の百瀬精一氏が発行している。週刊誌や数多くのベストセラーを出している社でさえ、文芸雑誌の出版は厳しいのに、なぜ鳥影社が今日まで「季刊文科」を続けてこられたのだろう。

定期購読者も募り、連載をまとめて季刊文科コレクションとして出版もしているが、鳥影社の経営を助けているとは思えない。

会員になると会費一万円で、そのうち雑誌一期四冊分の残りを経費にあてており、創作、エッセイ、コラム、同人雑誌の現場の情報などは、誌面で取り上げる場合、編集委員会で決定している。十五年間も同人雑誌に作品を書き続けてきた者としては、同人雑誌作家の切実な思いはわかり過ぎるほどわかっている。

もう一つの雑誌は、全く傾向の異なる投稿を中心とした「抒情文芸《じょじょう》」という文芸雑誌である。これは昭和五十一年十二月創刊で、先月送られてきた平成二十五年九月発行の号は一四八号である。

この雑誌の発行者は学習院大学中退の吉村と、短期大学出身の私の後輩の川瀬理香子さんで、吉村が北海道へ取材に行った折に、佐藤工業に勤務していた私の従兄《いとこ》の小町谷武司が札幌の地下鉄工事の指揮をとっており、かれの紹介で北海道電力の副社長だった川瀬氏と一緒に飲んだのがのちに理香子さんと知り合うきっかけである。従兄が黒部ダム工事の越冬隊長をしていた時、吉村は黒部の取材に行っている。

川瀬氏がその夜、娘が雑誌を創刊したいと言っていたと語った。その後間もなく訪ねて来たのが理香子さんである。まだ学習院高等科の生徒の時で、文芸部誌のインタヴューに来たのである。吉村は川瀬氏から雑誌発刊の話を聞いた時、これは大変なことだ、と思ったようだが、その後新聞に川瀬氏が亡くなられた記事が載り、雑誌発刊どころではないと思っていたところ「抒情文芸」という美しい雑誌が送られてきた。

創刊号寄稿者には山岡荘八、草野心平、草柳大蔵、池坊保子《いけのぼうやすこ》氏ら著名人の名前が十名以上もずらりと並び、二号には私もエッセイを頼まれて書いた。

荒川洋治氏は応援者なのかその後毎号寄稿しており、インタヴューは岡本太郎、安達瞳子《あだちとうこ》、寺山修司、沢木耕太郎、池田満寿夫《ますお》、井上靖《やすし》氏ら、とても「季刊文科」では見られない名前が続々と出てくる。吉村も私も発刊からかかわり、寄稿もし、インタヴューも受けている。

「抒情文芸」は投稿雑誌だから、選者は小説・伊藤桂一《いとうけいいち》、詩・清水哲男、短歌・小島ゆかり、俳句・坪内稔典《としのり》の諸氏が担当している。

私はこの原稿を書く時に、はじめて経費のことを聞いてみた。彼女は笑いながら、父の遺産と、北海道の土地を売った代金すべてがあてられ、それももうなくなりました、と言っていた。
これからどうするつもりですか、とは聞けなかった。

台風の温泉地

電話をかけてくる友人知人が、みな「お元気ですか」と言うのは、猛暑が続いたあと急に寒くなったからである。いや、それだけではなく、私が年をとっているので健康を案じてくれているのだろう。

事実、私はまいっていた。私より年長者は瀬戸内寂聴氏と、佐藤愛子氏と、河野《こうの》多恵子氏しかいなくなった。年上の作家が元気なのに、弱音を吐くわけにはいかないが、文芸雑誌の連載小説をまとめながら、最近エッセイの依頼が多く、「波」の連載は続いているし、「オール讀《よみ》物《もの》」の〝おしまいのページで〟、とか、「季刊文科」とか、単行本やエッセイ集のあとがきとか、原稿用紙で数枚のものが続いている。

福井の〝ふくい風花《かざはな》随筆文学賞〟の選をしているので応募作品を読んで選評も書かねばならず、文学賞の授賞式や講演などで地方へ行くことも多い。今もって吉村昭の出身地荒川区での展示会や、福井での催しなどもあり、福井は私の郷里だから断れない。今年平成二十五年は親しい人の葬儀も多かった。

娘は私の予定表を見て、インターネットでホテルをとってくれた。予約しなければ、私が性懲《しょうこ》りもなく予定を入れてしまうからである。

遠方は往復で時間をとるので昨年は箱根に行ったが、熱海は新幹線で一時間足らずである。娘が以前とってくれたのは、長期滞在のホテルだった。今度も同じホテルを予約した。長期で二十日間ぐらい逗留《とうりゅう》する客もいる。

これまで、熱海駅に近いアーケードの一番終りにホテルがあるとは知らなかった。いつも有名な干物屋で干物を買うが、その店までしか行ったことはなかった。坂の終り近くにクリニックがあり、娘はせっかくだから、と人間ドックを予約していた。クリニックはホテルの二階から通じていて、三階が人工透析フロアー、その上がホテルである。長期滞在客が多いのは、人工透析の施設と地下に岩盤浴があるからである。

熱海は日本旅館ばかりでホテルと名がついていても夕食がメインの宿ばかりだが、このホテルは朝食はバイキングで、夕食は自由である。

一応フロントの脇《わき》に夕食のメニューが出ていてA、B、C、と三段階あり、Aだと日本旅館と同様のコースが出てくるが、Cは干物と煮物、和《あ》え物、ご飯と味噌汁《みそしる》に漬物という自宅と同様の献立だから、何日でも居られる。フロントに告げれば外へ食事に行くことも出来る。

客室はビジネスホテルクラスだが、娘がツインルームを予約していたので意外に広く、普通ホテルには仕事用のデスクはないが、海に面した窓ぎわのデスクに電気スタンドがあり、長期滞在客用に物入れが多く洋服ダンスも広い。室内はいかにもわびしいが、下宿屋だと思えばいい。優雅なホテルライフを楽しむためではなく、電話もかからず、知り人にも会わず、訪問客もいない生活をしたかったのである。

留守番電話には〝暫《しばら》く留守をします〟と入れてきた。前回は吉村が亡くなって身内だけの葬儀をし、各出版社や文藝家協会《ぶんげいかきょうかい》でお別れの会をして下さり、それらが終ってから遍路に行った。今回も誰も知り人のいない土地へ行きたい、と思って来たのである。一日に喋《しゃべ》るのは、出かける時と夕食の有無をフロントに告げるだけである。

この時のことを「異郷」という題で小説に書き、川端康成文学賞を受賞したが、熱海はさびれていて、かつて浴衣に丹前姿の温泉客で賑っていた熱海銀座はシャッター街になっており、海岸通りの有名ホテルが軒並潰《つぶ》れて、二階がおいしいレストランだったホテルも土台のコンクリートだけになっていた。

ＭＯＡ美術館も、入口から山頂まで長い長いエスカレーターに乗ると、ピンクやブルーやグリーンの照明がオーロラのように色を変え、シンセサイザーの音と共に天上に昇るように感じられたものだが、その年は節電のせいか色も音も控えめで、黄泉《よみ》の国に導かれるような気がした、と「異郷」に書いた。

アーケードの行き止りのホテルは経営が変り、前に来た時よりも更に簡便な形式になっていた。朝のバイキングも、最上階のレストランから海が見えたが、二階のフロアーになっていた。地下にはこのホテルの唯一《ゆいいつ》の特色である特別天然記念物秋田県玉川温泉のみで産出される北投石使用の岩盤浴はあったが、確か前には天井からシンセサイザーの音楽が聞えていたと思う。

しかし、熱気が満ちた薄暗い部屋の熱い砂利を敷き詰めた床に石の枕《まくら》をして十分間ほど寝ることを繰返すと、着衣がぐしょ濡《ぬ》れになるほど汗をかき、体内の悪いものは全部出してしまった、という感覚は同じだった。そのあと温泉にはいり、マッサージを受ければ体中の凝りがとれたような爽快さはある。

前回は十日間滞在し、この異郷から呼び返したのは先輩作家の弔辞を書いてくれという緊急の電話だった。今回は台風が接近していて、二日目は大荒れの天気になった。それでも私は熱海では名の知れているレストランスコットへ行った。二階に上る階段の出入口は車を横付けでき、土砂降りの雨に濡れずにすんだ。

そんな夜に食事に来ている物好きな客が、それでも二組いたのには驚いた。

遺された手紙

作家と編集者との交流は、作品を生み出そうとする産婦と、それに力を貸す助産婦の関係に似ている、と私は長年の文筆生活の中で思う。難産の場合はやさしくさすったり、叱咤《しった》激励する。同人雑誌仲間の場合は批評し合うから勉強になるが、つまりはライバルだから力を貸すことはない。

吉村昭も私も、大学の文芸部時代から十五年間、数多くの同人雑誌にかかわり続けてきた。その当時は雑誌や新聞で文学賞の募集など殆どなかったから、世に名を知られるには同人雑誌評だけが頼りだった。二人でメリヤスを売る行商の旅の間も、文芸雑誌が発売されると同人雑誌評を読みたくて購入した。

新人はベテランの編集者に育てられ、作家は新人の編集者を育てるものと言われており、夫婦ともども作家としての道を歩くようになってから、どれほど多くの編集者の方達にお世話になってきただろう。

吉村は、作家に友達はいなかった。第三の新人と呼ばれる作家たちは、お互いに親しい交流があったようだが、吉村は編集者としかつきあいがなかった。飲むのも、旅するのも、編集者とだった。

女性作家たちには、女流文学者会という会があって、かつては女の物書きに対する世間の偏見があり、お互いに支えあうために始められたものだったそうだ。親睦会《しんぼくかい》として年に二、三回集るようになり、東北や、関西、長崎、台湾、シンガポールなどへ旅行したりしたが、その会も終った。

吉村は文芸雑誌の対談で城山三郎氏に会い、同年齢ということから戦争や敗戦について話が合って、以来二人で飲んだりするようになったが、作家とのつき合いは城山氏だけだった。

吉村が亡くなったあと、書斎の三方の壁に天井まで設《しつら》えた書棚の歴史資料の段ボール百七十箱をかれの出生地荒川区に寄託したが、もと文藝春秋の出版部の和田宏氏が、吉村さんからの手紙を荒川区に寄託する前に津村さんに見て貰いたい、と言っていた。

和田氏は、私が芥川賞を受賞した年に文藝春秋に入社したそうである。社によっては担当編集者を別々の人にすることもあるが、文藝春秋は同じで、和田氏は吉村の担当でもあり、私の担当でもあった。同じく文藝春秋の中井勝氏（退社後の筆名森史朗）は和田氏と仲がよく、御神酒徳利《おみきどっくり》と吉村がからかうほどで、各社が集る新年会の時も、吉村や私の還暦祝や古稀《こき》の会も、毎年親しいメンバーで旅行していた時も、二人は必ず参加している。

吉村が小説の道への出発点になった陸の孤島田野畑村の名誉村民になった時も、かれが設置を承諾した唯一の文学碑「星への旅」の除幕式にも、二人は出席している。

珍しく吉村が仕事以外に北海道へ行こうと言い出して、四人で函館山にロープウェイで登ったことがある。私は百万ドルの夜景を背景にして和田氏に写真を写して貰おうと思い石段を下りて行った時、足を踏みはずして下の段へ落ちた。夜景がよく見えるように、一段一段が高いのである。山の上の方で中井氏と吉村はバカな女がいると笑っていたらしいが、和田氏は肝を冷やしたという。

和田氏は私と同じ福井県の敦賀市出身である。私は福井、石川、富山の三県を舞台にした作品に与えられる文学賞、日本海文学大賞の選者を十年つとめたが、和田氏は私が選者を辞めるのを待って賀川敦夫《かがわあつお》の筆名で応募し、見事大賞を受賞した。私が辞めてからというのは、いかにも和田氏らしい。

和田氏が荒川区へ寄託した吉村からの手紙は、昭和五十一年三月十九日が最初で、「海軍乙事件」について追加訂正した原稿用紙二枚、

「破船」「史実を追う旅」「東京の下町」などの訂正や、献本についての依頼、題名の相談、平成八年に和田氏が出版局長に就任したお祝い状もある。五十通ばかりの手紙、はがきの最後は、平成十八年「新潮」六月号に書いた「山茶花《さざんか》」のページにはさまれていた一筆箋《せん》で、「ようやく回復のきざしが見えて参りました。近況報告の証《あか》しとして発表誌を送らせていただきます」と書かれている。この年七月三十一日に吉村は他界した。

私が和田氏から貰った最後のはがき。

お葉書、ありがとうございます。私の病気は「多発性脊髄腫《せきずいしゅ》」

という細胞ガンで、前には48時間以内に手を打たないと死亡率50%といわれたものです。私の場合発病後一週間は経《た》っていますが、医学の進歩でしょう。但《ただ》し生き残ってもはげしい後遺症が残ります。今のところこれだけ書いて力尽きます。

体調が悪いと聞いて見舞状を書いた返事である。字を見ただけで、これがせいいっぱい、という感じを受けた。

亡くなられたのは平成二十五年十月二十二日、奥様から直接電話があった。吉村先生にならって、何も致しませんと言われ、お会いしたことはないのに二人で受話器を握ったまま暫く泣いていた。

改めて書いたお悔みの手紙のお返事には、余命を告げられ、最後の本の校正に力をふりしぼっていました、とあり、「余談ばっかり」（文春文庫）が送られてきた。

倒れても止まん

平成二十六年の新年会は、一月の終りに近い頃に二度した。一度は現在もお世話になっている担当編集者、いま一度はすでに出版社を退職した方たちである。

平成十八年夏の盛りに亡《な》くなった吉村がまだ元気だった頃、毎年わが家で各社の担当者が集って新年会をしていた。そもそもの始まりは、三鷹の駅に近い閑静な住宅地に住んでおられた恩師丹羽文雄氏の新年会のあと、同じく三鷹市の井の頭に住んでいるわが家へ数人が流れて来たのである。

丹羽邸は作家や文学志望者ばかりではなく、御親戚《ごしんせき》や夫人のお友達も集まる会で、応接間は先生を囲む人々が入れ替り立ち替りし、食堂はお料理が並んでいて、茶の間には夫人と話をする人たちが大きな炬《こ》燵《たつ》を囲んでいた。

他社の人たちと腰を据えて飲む機会はあまりないということで、吉村が亡くなったあとも新年会は続いている。家を建て替えたので私一人の住まいは大勢集るスペースがなく、現役の方たちと、すでに退社した方たちの組にわけ、吉村の行きつけだった吉祥寺の店に集ることにしている。

私が芥川賞を受賞した年に文藝春秋に入社した和田宏氏は一番古い

担当者で平成二十五年十月に亡くなり、退職組の新年会は和田夫人をお招きして追悼の会になった。夫人も夫の思い出を語り、めいめいが編集者として、同僚としての氏のことを語り合って懐《なつか》しさいっぱいだった。

前章にも書いたが、作家と編集者との関係は、他の企業の取引相手とは全く異なり、作品を生み出す産婦と介助者の関係に似ている。それは今も昔も変らないだろう。

古い話になるが、私たち夫婦が「文学者」に作品を発表していた頃、その合評会に新潮社の田邉孝治氏が時折顔を見せていた。氏は気にかかる作品を書いた作者に、「作品を見せて下さい」と声をかけていた。私も言われたので夢中で書き上げ、矢来町の新潮社へ持って行った。

一流出版社の編集者の目にとまったのである。

すぐ次の作品に取りかかり、書き上ったものを届けに行った。それを渡してまたすぐに次の作品を書いて持って行った。定期でも買ったのですか、と田邉氏に笑われた。あとで氏が、つぎからつぎに持って来たのはあなただけでした、と言った。他の人は、持って行った作品がどう評価されるのか、その返事を待っていたという。だって、見せて下さい、と言われただけですもの、と私は言った。他の人たちは、原稿の依頼だと思ったらしい。そんなことがある筈はない。

当時「新潮」「文學界」「群像」三誌が一流出版社で出版している純文学の雑誌である。同人雑誌作家に原稿を依頼する筈はない。書いて下さい、と田邉氏は言ったのではない。見せて下さい、と言っただけである。

何作目だったか、田邉氏は「さい果て」という、夫婦で北海道を放浪して歩く作品が気に入ってくれたらしい。かなり長いものだったので、

「なんでも書けばいいというわけではありません。ここの部分だけ整理して書直して下さい」

と言われ、私は削って削って五十枚にしぼって持って行った。その頃、「新潮社同人雑誌賞」という賞があり、全国に数知れぬほどあった同人雑誌が推薦作を出す。その中から十篇を編集部が選んで候補作として発表する。私の「さい果て」を、編集長の坂本忠雄《ただお》氏がその中に入れよう、と言ったらしい。

田邉氏は候補作として並べて落ちたら嫌だから、別の号に単独で載せたい、と言った。私は「文学者」の編集にたずさわっておられた石川利光氏の許《もと》に行って、坂本氏と田邉氏の考えについて相談した。石川氏は、田邉くんの気持も有難いが、編集長がそう言っているなら同人雑誌賞に挑戦してみるのもいいのではないか、と指示して下さった。私は落ちてももともとだと思い、十編の候補作のひとつとして出して貰《もら》った。

「さい果て」は、新潮社同人雑誌賞を受賞したばかりか、芥川賞の候補になった。同人雑誌賞を受賞した時、次作を持って来るようにと言われて、結核治療のための胸郭成形術で切除した肋骨《ろっこつ》を愛蔵している偏狂な夫の性格が理解出来ない平凡な妻を書いた「玩具」を持って行くと、没になった。が、田邉氏は、「悪い作品ではない。『文學界』へ持って行きなさい」と言った。これは自社に対する一種の裏切りだが、自分の編集者としての眼に自信があったのである。

一人、二人――

新潮社の田邉孝治氏を知ったのは、昭和三十九年で、吉村昭も私も、丹羽文雄氏主宰の雑誌「文学者」に作品を発表していた頃のことである。

田邉氏は純文学のそれも私小説を書かせたい人で、私が「さい果て」を書いた時は非常な力の入れ様だった。

吉村が山下三郎氏から頼まれて「プロモート」に連載していた「戦艦『武蔵』取材日記」が新潮社の重役の目にとまって、これを小説に書いてくれ、と言われた時の吉村の抵抗と、担当だった田邉氏の困惑は、見ていても息が詰るようだった。しかし上司の命令であり、掲載は八月の敗戦の月発売の九月号と決められてしまっていた。

田邉氏と吉村は「戦艦武蔵」を書いて以来よく新宿で飲み歩くようになり、朝帰りの日に吉村が玄関の前を掃いている隣家の奥さんにお早うございます、と挨拶《あいさつ》していたことがある。馴染《なじ》みのバーが火事になって二人で駆けつけ、見物人が集って来る前に着いたので、張りめぐらされたロープの中にすでにはいっていて、消防隊を指揮した、などと自慢しており、田邉氏が飲みに来られた時にはその話で盛り上った。

田邉氏はわが家に各社の担当の方たちが集る新年会の写真にも写っ

ているが、退社してからは吉村と飲む機会も次第に間遠になっていった。私は必ず新刊の本が出る度毎に送っていたが、その返事も来なくなって、殆《ほとん》ど交流は絶えていた。

久しぶりに氏から手紙が来たのは、平成二十三年である。新潮社同人雑誌賞に続いて芥川賞を受賞して以来四十年ほどの間に女流文学賞や芸術選奨文部大臣賞などをいただき、川端康成文学賞と菊池寛賞を殆ど同時に受賞した時は、小説の仲間や親戚、友人らから祝電や手紙が来たが、田邉氏から、

菊池寛賞御受賞、本当に御目出度うございます。私小説万歳！

というはがきがきた。

いかにも田邉氏らしい文面である。

平成二十六年の四月、「波」の原稿を書いている時に、編集長の木村氏から、田邉氏が亡くなったという連絡がはいった。送られてきたＦＡＸは演芸界の最近の情報を載せたもので、講談研究家でもある田邉氏が二月二十日多臓器不全で逝去したと記されている。

二月二十日？

私は目を疑った。逝去という文字も、二月二十日という日にちも、あまりに思いがけなくて、拡大鏡を引出しから出して確かめた。何度見直しても、そうとしか読めない。

私は編集部にすぐ電話して、木村氏に確かめた。木村氏も今知ったばかりだという。もう二カ月近く経っている。木村氏によれば、新潮社の出版部も後に所属した校閲部も、誰一人田邉氏の逝去を知らないという。

吉村は遺言に、何かあったらもと新潮社の最近まで現役だった栗原氏と、もと講談社の天野さんに相談すること、と記しているので、すぐお二人に田邉氏が二カ月近くも前に亡くなったことを連絡した。吉村も、自分が膵臓癌《すいぞうがん》で手術したことを絶対に知らせてはならない、死んだ時にはそのことを三日間公表してはならない、と厳命していたので、平成十八年二月に膵臓の全摘手術をし、七月二十四日に本人の強い希望で退院して、三十一日に自宅で死去したことを、たった一人の兄にも報《し》らせなかった。

田邉氏の場合も、氏の強い意志で病気も亡くなられたことも、夫人は秘し通されたのであろう。講談社の重役だった文芸評論家の大村彦次郎氏とお線香を上げに行こうという話合いがまとまったが、氏が連絡すると田邉夫人は固く辞退された。

大村氏の提案で、五月一日に田邉氏と極めて親しかったもと編集者三人がわが家に集って田邉氏を偲《しの》ぶ会をした。タクシーを呼んだのに大村氏はそれに乗らなかったらしく、丁寧なお礼状に、

帰途は公園の池の中の道をそぞろ歩いて帰りました。
田邉さんはあの時代の個性的な、陰翳《いんえい》のある編集者でした、和田君にしろ懐かしい人が一人去り、二人去りするような思いです。

と書かれている。

文藝春秋の和田氏の偲ぶ会を吉祥寺の店でした時には和田夫人もお招きして思い出を語り合った。吉村が亡くなったあと「季刊文科」の編集委員仲間だった大河内昭爾氏、後を追うように秋山駿氏が亡くなった。

震災から三年

三陸を襲った大津波、東日本大震災から三年が経った。

テレビでは、画面いっぱいにその惨状を映し出している。吉村が「三陸海岸大津波」を「海の壁」という題で中公新書に書下したのは昭和四十五年、中公文庫になり、文春文庫から出たのは平成十六年のことで、明治二十九年、昭和八年の津波、昭和三十五年のチリ地震津波と三回も三陸を襲っている津波を徹底取材して書いたものである。

津波は自然災害だから繰返し起ると言っていたが、吉村が亡くなってから五年後にかれの予言通り津波が三陸海岸を襲ったのである。

三陸沿岸の鋸《のこぎり》の歯状に入りこんだ湾は、V字形をなして太平洋にむいている。このような湾の常として、海底は湾口から奥に入るにしたがって急に浅くなっている。

巨大なエネルギーを秘めた海水が、湾口から入りこむと、奥に進むにつれて急速に海水はふくれ上り、すさまじい大津波となる。つまり三陸沿岸は、津波におそわれる条件が地形的に十分そなわっているのだ。

と吉村は書いている。

テレビの画面に映じられていたのは田老である。吉村がよく口にしていた異様な防潮堤に囲まれている田老。明治二十九年に死者一、八五九名、昭和八年に九一一名という三陸海岸で最大の被害を受け、津波太郎（田老）と呼ばれている町である。

昭和二十九年に新しく防潮堤の建設を始め、三十三年に、全長一、三五〇メートル、上幅三メートル、海面からの高さ一〇・六五メートルの防潮堤を築き、更に一、三四五メートルという弧を描いて町を完全に海から遮断した万里の長城のような防潮堤が築かれた。

この防潮堤は、昭和四十三年の十勝沖地震の際、M七・九という大地震が三陸沿岸に伝わり、田老は二・二五メートルの津波に襲われたが、町は無事であった。しかし、明治二十九年、昭和八年の大津波は一〇メートル以上の波を記録している。吉村が危惧《きぐ》を抱いていたのは当然である。

かれが初めて岩手県の田野畑村を訪れたのは昭和三十四年に二度、三十七年に二度芥川賞候補になって落ちた時に、田野畑村出身の渡辺耕平氏から、私の村は小説にならないかね、と言われたのがきっかけである。陸の孤島と言われていた村へは上野発の夜行列車で早朝盛岡に着き、連絡の悪い山田線に乗り継いで宮古行きの列車で茂市《もいち》まで行き、更に支線に乗り換えて浅内《あさない》まで行き、当時三陸鉄道はなかったからバスで岩泉へ行って一泊し、翌日バスで田野畑の島越に着いた。二泊三日かかったのである。吉村は田野畑の鵜《う》の巣《す》断崖《だんがい》の突端まで行き、腹這《はらば》って海を見下ろし、潮の香に包まれて眼下に砕け散る波を見た時

「錆《さ》びついていた私の頭が、清冽《せいれつ》な水で洗われたようにいきいきと働き出すのを感じていた」と書いている。

生活のために三兄の紡績会社に勤めたり、次兄の繊維会社に勤めたりしたが、小説を書くために退職を繰り返していたかれが生き返った瞬間である。田野畑村の鵜の巣断崖に想を得て書いた「星への旅」が筑摩書房が創設したばかりの太宰治賞を受賞し、文学の道に進む第一歩を踏み出したのである。

今回の大震災のあと、混乱が続いて漸《ようや》く田野畑村に行かれたのは翌年の六月だった。私たちは、二人の子供や親戚や友人たちを誘ってよく訪れていたが、今回は「三陸の海」を連載する「群像」の嶋田哲也氏、出版部の須田美音さんと、長男の司《つかさ》も同道した。

その旅で、田老の防潮堤の状況も見に行った。最初に築いたものと、あとから増築した巾広《はば》いコンクリートの巨大な壁がX形になって要塞《ようさい》のように町を海から守っていたのだが、大きく決壊してコンクリートの塊が散乱していた。津波は防潮堤を乗り越え、町は家の礎石や煉瓦《れんが》の敷石だけ残して、あとかたもなくなっていた。遠くに白いホテルのような建物が見えたが、そこまで波が到達し町を引《ひ》き攫《さら》って行ったのである。そして大震災から三年後の今、テレビで見る田老はその時の状況のままである。

息子は、三階まで波が渦巻いた田野畑村のホテル羅賀荘が再開したら泊りに行くと言った。ホテル羅賀荘が出来た時、早野仙平村長がこれならビップでも泊められる、と自慢したホテルで、それまで吉村も私も、漁師の人が利用する番屋に泊っていたのである。息子は父親の文学碑を見ていないので、三月十九日に羅賀荘を予約していた。その一週間前に大津波が三陸を襲ったのである。息子はその時の衝撃を文章に残した。

〈私の予約がもし一週間早かったら愛車もろとも助からなかっただろう。

羅賀荘の鉄筋コンクリートの建物は倒壊しなかったが、三階まで津波で被災した。その羅賀荘が復活し営業を再開したと言う。私はまた予約をした。

三階には大浴場があり、海を見下ろすそれは素晴しいパノラマである。このホテルは海の間際《まぎわ》に建っている。展望風呂《ぶろ》はこのホテルのウリだ――。

復活した羅賀荘。高台に引越すでもなく、そのままの位置で営業再開である。しかし、津波は数十年毎《ごと》にやってくることはわかっている。前日に宿泊した大船渡《おおふなと》には防潮堤の計画があり、見上げるような高さを予告していた。このホテルの前の海にはそのような計画はない、と言う。

それは正しいと思った。もしこのホテルを守るほどの堤を作ったら、三階の風呂から海は見えないことになる。身を守るために自然の美しさを諦《あきら》める。それは生き方として間違っているのではないか。〉

片眼の執筆

「波」の連載を、いつもより十日も早く書き始めたのは、両眼とも白内障の手術を受けることになったからである。

白内障は眼球の虹彩《こうさい》の後にある凸レンズ形の水晶体が濁る病気で、痛みがないから本人は気づかない。進んでくると物が見えにくくなるそうだが、私は定期検診で云《い》われるまで気づかなかった。年をとるとなる人が多いようで、友人知人で白内障の手術を受けている人がかなりいる。簡単な手術で十数分で終ると聞いている。

私が眼の定期検診を受けていたのは、白内障などという生やさしい病気のためではない。十年ほど前になるが、何となく右眼がうるんだような感じがして物が鮮明に見えなくなり、ある朝寝室の壁の時計を見ようとしたら、針が見えない。無意識に左眼を覆《おお》って右眼で時計を見ると、白い壁に黒い枠の時計が埋没してしまっている。雨戸が閉っているので階下に降り、食堂のカーテンを開けて庭を見ると、庭木がぼやけていることに驚いた。六月の朝はすっかり明けているのに。

私は二階に駈《か》け上り、

「眼が見えない」

と夫をゆすぶり起した。急に起されたかれは、

「どうした。夢でも見たのか」

と言った。私は半月ほど前に眼鏡のレンズを換えようと思って眼科に検査に行ったが、視力は変っていないから眼鏡の度は今までのままでいいが、白内障が少し出ている、と薬の処方箋を貰った。白内障が、そんなに急に進むとは思えない。

吉村の開成中学時代の友人に医者が多くて、何科でも間に合ってしまう。眼科に友人のいる病院へ伴われて行き、長時間かかって検査をしたが、蛍光眼底造影検査をする際、蛍光色素を静脈に点滴し、それが眼底に達した時に眼底カメラの顎台《あごだい》に顎を載せ、眼球を時計廻りに動かす都度、この世のものとは思えぬ閃光《せんこう》が放たれてシャッターが切られる。左右それぞれ何度も撮影が行われ、点滴よりも眼底撮影のほうがつらくて、右眼より左眼のほうがまばゆかったのは、視力が正常だったからだろう。

医師の診断では、網膜中心静脈閉塞症《へいそくしょう》と言われた。眼球に行く血管の根元が詰って血液の流れが悪くなり、栄養が行き届かなくなって視力が落ちたのである。

「詰った血管が通れば、視力は戻るのですね」

「いいえ、更に検査をしますが、貴女《あなた》の場合は視力は戻りません」

「では眼鏡で調整すれば」

「網膜は映像を結ぶところです。レンズの問題ではありません」

その日の午後から長時間点滴が行われ、近くのコーヒー店で待っていた吉村に付添われて吉祥寺の自宅までタクシーで帰る途中、

「セカンド・オピニオンっていうことも考えなくてはね」

と私は言った。夫の友人を信用しないわけではないが、視力は戻らない、と断定的に言われたのはショックだった。

眼科がいいという評判の、お茶の水の順天堂大学医学部附属順天堂医院へ行ったが、全く同じ検査が行われ、同じ診断が下された。夫の友人の病院でも順天堂大学病院でも入院して毎日点滴をし、レーザー光で病変部を固める治療をすると言われたが、わが家に常備している家庭の医学書には、原因の半数が動脈硬化で、網膜の全体に出血するため高度の視力障害を生じ、治療は初期のうちは薬物療法を行うが効果はあまりなく、出血の吸収には長期間を要する。レーザー光による凝固も行われるが、視力の回復は期待できないことが多い、とあった。

順天堂大学のほうが古い建物を建て替えたばかりできれいだったし、

退院後も吉祥寺から中央線一本で来られるので、私はこちらに入院したい、と言った。夫は私のせめてもの希望を適《かな》えてやろうと思い、友人には不義理をした。

個室が空くのを待って入院したが、二十日間もかかったのは点滴とレーザー光凝固術のためである。静脈が詰っているため新生血管が出てくると聞き、私は有難いと思ったのだがそれは壊れ易《やす》い脆弱《ぜいじゃく》な血管で、眼球内のゼリー状の硝子体《ガラスたい》に漏れ、緑内障や網膜剝離《はくり》を起す危険があるという。視力の回復の見込みはないと言われて文字を書く仕事に携っている私は暗澹《あんたん》とした。

その後、三鷹市の杏林《きょうりん》大学医学部付属病院に定期的に検査に通っていたが、ニューヨークから招聘《しょうへい》した女性のアナベル岡田医師によって、

眼底にステロイドを注入する当時まだ日本では試みられていない治療を受けてみますか、と稗田教授に言われた。吉村は、

「そんな恐ろしい手術はやめろ。森の石松だって片目で喧嘩《けんか》していたんだ。片目で書けないことはあるまい」

と反対した。私は駄目でもともとだから、やってみたいと言った。手術室を出てくると、夫は待合室で真っ青な顔をして待っていた。絶望的だった視力が多少恢復《かいふく》した。「もう一度ステロイドを入れて下さい」と言うと、そんなに度々するものではありません、と言われ、半年後にもう一度施術《せじゅつ》して貰った。しかし両眼の視力に差があり過ぎて、娘に言われるまで右眼をつぶって書いていることに気がつかなかった。

網膜中心静脈閉塞症を患《わずら》った私にとっては、白内障の手術など目薬を注《さ》すようなものである。

たつのおとしご会

たつのおとしご会、という妙な名前の会がある。たつのおとしごを広辞苑《こうじえん》で牽《ひ》いてみた。竜の落し子と書く。ヨウジウオ科とあり、楊子魚と書く。楊子魚とはヨウジウオ科の海産の硬骨魚。体は極めて細長く、全長約三〇センチメートル。暗褐色で全体骨板でおおわれ、切断面はほぼ六角形。吻部《ふんぶ》は長い管状で、その先端に口が開く、云々《うんぬん》。これはヨウジウオの説明である。

たつのおとしごは、そのヨウジウオ科の硬骨魚で、全長約一〇センチメートル。体は骨板で覆われ、頭は馬の首のような形。直立して泳ぎ、柔らかい尾で海藻にまきつく。ここまで読むと、よく絵で見るいわゆるたつのおとしごのイメージが浮ぶ。

学習院の文芸部と演劇部は極めて親交が深く、お互いに同人雑誌を売ったり舞台の準備を手伝ったりしていて、コンパも合同だった。卒業してまだ演劇を続けているOB組と、在学中の現役組とがある。吉村は、竜の落し子の形体は図鑑などで見たことはあるかもしれないが、辞書に出ているような説明は全く知らないだろう。

新制大学になったばかりの学習院の演劇部には女子学生がはいっていなくて女優がいなかった。短大から女子学生が何人か入部して、漸く恰好《かっこう》がついたのである。それまでは女優なしの戯曲を演じていた。

短期大学を卒業する時、私は記念に演劇をしたいと思い、短大の部長岩田教授に申し出た。私は二期生だったし、一期生の卒業の時は卒業生代表が感謝の言葉をのべて卒業証状を授与され、在校生が餞《はなむけ》の言葉を贈るごく普通の卒業式だったが、私は短大の講堂を借りる許可を得て、演劇をすることにした。

短大は女子ばかりだから男子学生の出演を頼むわけにいかず、演目は岸田國士《くにお》の「葉桜」にした。母と娘だけの戯曲である。しかし大学の文芸部は黙っていられず応援にかけつけ、背景全面の葉桜の絵は、美術部にもはいっている文芸部の仲間が半日がかりで描き、演出は私なのに吉村が傍でいちいち口を出した。

たつのおとしご会は、卒業後も毎年芝居の公演を続け、その都度私たちは卒業後もチケットを売ったりして協力していた。同窓会というものはわずか二年間の短大卒業生間では続いていないが、演劇部の卒業生は相変らずアガサ・クリスティやモリエールなどの芝居を続けていて、プロになった者もいる。

今年平成二十七年三月二十三日に、幹事の佐藤修氏からたつのおしご会のOB会の通知があった。場所は赤坂見附の駅から五分という近距離で「金龍《きんりゅう》」という老舗《しにせ》料亭である。いつもこんな高級店は使えないのだが、佐藤氏の案内状には以前からの会費の余った埋蔵金があるということで三千円の会費だった。

「金龍」は、歴代の総理大臣が会合を持っていた店で、我々もその部屋で久しぶりに親睦会を行った。現在の経営者が、昼は簡単に食べられるような価格にしているが、夜だと四、五万円はするという。

「金龍」のたつのおとしご会は、出席者十二名だった。返信用のはがきを廻覧したが、亡くなった人、病気で入院中の人が多く、私より五歳も若くても八十歳を越える年齢なのだという感慨を抱いた。ずっと続いていたたつのおとしご会の公演も、昨年二十五回公演で終ったとのことだった。

会員の一人、歌舞伎《かぶき》の演出家の寺崎裕則氏は、日本で初めてオペレッタを紹介して公演を続けてきたが、さすがに観客動員が難しくなってきた。芝居の演出はまだ続けており、前進座五月公演の、国立劇場大劇場での「番町皿屋敷」のチラシを配っていた。

戦時中の青春

平成二十七年は戦後七十年で、新聞、ラジオ、テレビ、雑誌等、そのことを扱った記事や報道が多い。私は戦時中の女学生生活を書いた「茜色《あかねいろ》の戦記」が注目されて、インタヴューが引き続いた。東日本大震災の時には、陸中海岸の田野畑村に取材に行き「三陸の海」を書いたので、各紙のインタヴューで創作の暇もなかった。

太平洋戦争が始った昭和十六年十二月八日、その年の四月に東京府立第五高等女学校に入学したのだから、私の女学生としての生活はわずか二年足らずの月日しかなく、開戦と同時に防空訓練や救急看護訓練、いずれ新宿の校舎が移る予定地だった中野の土地を農場として開墾していたので、農場作業にも授業が割かれる状況だった。

昭和十九年二月に中学生以上の学徒全員を工場に配置する学徒勤労動員の強化が決定され、私たちの女学校の五年生は中島飛行機工場と立川飛行機工場、私たち四年生は北辰《ほくしん》電機へ動員された。海軍士官の姿を多く見かけるので海軍の軍需にたずさわっていることは察せられたが、作業は極めて分業化された部分部分なので、到底その全容を察することは出来なかった。

府立第五高等女学校は、初代校長が女子学習院の教授で礼儀作法はことのほか厳しく、挨拶はお早うもさよならも〝ごきげんよう〟だったので、若い工員たちは私たちを見かけると、〝ゴキゲンヨウ〟とからかったが、私たちは無視していた。北辰電機のあった目蒲線《めかま》の下丸子は軍需工場が多くて空襲の標的になり、警戒警報のサイレンが空襲警報になると、私たちは厚い作業台の下に伏せ、親指で両耳を、他の指で眼を押さえ、口を開けて腹這いになった。毎日のことだったから、馴《な》れた行動だった。

私たちの班は、長方形の鋳物《いもの》の箱の中に仕込まれた端子に、色わけされた七本のリード線をハンダ付けする配線の仕事だった。縦十五センチほどの箱には、〝安式三號轉輪羅針儀從羅針儀接續筐《ごうてんりんせつぞくきょう》〟と印されていた。私はその長い名称を頭に刻み込んだ。機密に属するのだろうから聞いても教えて貰えないだろうが、やがて日本が勝利した時に自分が産業戦士として海軍の重要な作業に従事した証しになると思ったのだ。

安式というのはドイツのアンシェッツ博士によって完成したということで、転輪というのは独楽《コマ》のことである。独楽に高速回転を与えこれを振子のように吊《つる》すと、軸は地球の自転と重力の作用を受けて南北を指すという。その原理を利用した羅針儀である。従羅針儀接続筐というのは、例えば大和、武蔵のような巨艦にはマスターコンパス（主羅針儀）を一定位置に据え、レピーター（従羅針儀）を四十八箇まで接続出来た。私たちが作っていた接続筐は、マスターコンパスとレピーターを接続するものであった。

「新潮」に「茜色の戦記」を書くために、平成になってから下丸子へ行くと、あれほど空襲が集中した北辰電機は焼け残っており、当時の丸山班長も健在で、私が「安式三號轉輪羅針儀從羅針儀接續筐の配線をしていました」と言うと、

「よくまあ、そんな長い名前を覚えていましたね」

と呆《あき》れて笑っておられた。特殊潜航艇用の転輪羅針儀は、体積を四分の一にして、回転を二倍の四万回転にしなければならなかったので、製作は極めて困難だったという。

愛媛県の興居《ごご》島沖で事故のため沈没した伊《い》号三十三潜水艦に装備されていた北辰電機の従羅針儀は、水深六十メートルの海底に九年間も沈んでいたが、内部に水ははいらず、機能にも何の異常もなかったという。私は工場に設置されていて今も稼働《かどう》している羅針儀を見せて貰

った。

それにつけても、日本の技術は大変なものだ、と感嘆し、日本が負けたのは技術ではなく、物資なのだと思った。中島飛行機工場へ動員された上級生たちは、製作に必要な資材がなく、雑巾《ぞうきん》を縫っていたと云う。

あとになって学習院の文芸部で知り合った吉村にその当時の話をすると、

「お前たち、凄《すご》いことをしていたんだな」

と言った。

昭和十九年吉村は開成中学五年生だったが、かれらは北方戦線の兵士の防寒に用いる毛皮の毛を、脂《あぶら》を除いて柔かくする皮鞣《かわなめ》しをしていたという。

「今になって開成、開成と言われているけれど、当時は都立全盛だったんですからね」

と、私は誇らかに言った。私たちは、特殊潜航艇にも備え付けられた転輪羅針儀に携わっていたのだ。皮肉しとは何という違いだろう。

文芸部の委員長だった吉村は、創作ではかなわない作品を書いていたが、戦時中の話をすると、まいったなァ、と苦笑するしかないようだった。

今頃になって同窓会

平成二十七年の五月に、原宿駅近くの南国酒家で小学校のクラス会があった。前年の六月にも南国酒家で集り、木曜日に予定がはいることが少いという話から、今後も一応は五月の木曜日を空けておこうということになった。原宿なら都内のどこに住んでいる人も集り易いということで、会場は〝南国酒家〟に決めた。幹事は楽である。

クラス会、同窓会は、戦後の混乱期には長い間開かれていなかったが、世の中が安定してからぼつぼつ小学校、女学校の同窓会が開かれるようになった。懐しい顔が揃《そろ》うと、思い出話が果てしなく続く。戦争で疎開《そかい》したり焼け出されて地方に住んでいた人たちも東京へもどって来て、お互いに連絡をつけ合い、名簿も充実してきている。

娘は大学時代のコーラスグループの演奏会がある時にクラスメイトと顔を合わせているが、小、中、高、大学の同窓会へは行っていない。八十歳を過ぎてから小学校の同窓会をする例は珍しいだろう。

私はその他に不思議な仲間の同窓会に出席している。戦時中、各新聞に文部省科学研究補助技術員募集という記事が出た。募集の主旨は、戦力増強のため、科学技術を総結集して国難に向うというもので、東京をはじめ七地域の帝国大学の他に、専門学校や研究所に養成所を設け、約千二百名の科学戦士を養成するという。

私は女学校四年生の時に勤労動員で目蒲線の下丸子にある北辰電機に通っていたが、養成所を受けて合格すれば、女学校在籍のまま専門学校二年程度の技術を習得することが出来、授業料は無料で補助金が出る。卒業後は文部省指定の研究所に二年間勤務する義務がある。受験資格は中学校、女学校五年生だったが、当時四年生は戦時特例で四年修了で五年生と一緒に繰上げ卒業することになっていた。

私は女学校で正規の授業を受けたのは二年生までで、その間も防空訓練、救急看護訓練、農場作業で授業を割かれ、後半は勤労動員で軍需産業に従事していたから、六カ月間でも勉強出来るのは魅力だった。各大学、専門学校に設けられた養成所の中で、私は田町の駅近くにあった東京工業専門学校の養成所を受けた。写真科があるのはそこだけだった。

戦前は、男女共学はなかった。東京工専の養成所は、三十人募集中合格したのは男子七人、女子十七人だった。男ばかりの専門学校に初めて女子がはいって来たのだから、機械科、建築科、印刷科等の教室の窓は男子学生が鈴生《すずな》りだった。

養成所はたった六カ月であり、前半が授業、後半が実習。三カ月の授業には写真化学、写真光学、映画学などがあったが、レンズの収差などの説明はわかりにくかった。

実習は楽しかった。お互いのカメラで写真を写し合う他に、写場に三脚を立てて暗箱に乾板を入れ、黒布をかぶってマグネシウムを焚《た》く。乾板の感光度が低いので、上野彦馬が坂本竜馬《りょうま》を写した写真は後ろに支えをしているのがわかるが、私たちも被写体になる時は動かぬようにしていた。

実習は、撮影、現像、引伸しのほかに、物資がなかったから使い古しの乾板の再利用をしていた。乳剤をとかしてガラス板にもどし、水平架の上の台に置いて、ガラス棒で平均に乳剤を塗る練習もした。

映画学の授業で、天然色の映像も初めて見た。天然色と言っても一部花園のシーンだけだったが、これまで見たこともない画面だった。日本初の天然色映画「カルメン故郷に帰る」を観《み》に行ったのは、昭和二十六年だったからそれより七年も前である。

私たちは写真科で天然色フィルムも作っている。写真光学の授業で補色について習ったが、実験として被写体をフィルターで分解して写し、それを重ね合わせた多層フィルムを作ったのである。

林忠彦《ただひこ》氏が作家のポートレート集の撮影に来られた時、天然色フィルムを作った話をしたら、それは私もやっていません、と笑っておられた。吉村は、おまえがやっていたことは幕末じゃないか。おまえは幕末の写真家が書ける。上野彦馬はおまえが書け、と言っていた。百七回も長崎へ行っているかれは、上野彦馬も書くつもりだったのか、資料を集めていた。

岩波書店から出した「ふたり旅」は、吉村と私が歩いて来た道を書いたものだが、二人の幼少からの写真をところどころに入れており、東京工専の写真科の学生と養成所の私たちが、昭和十九年に高尾山に遠足に行った時の写真を掲載している。その時のメンバーが最近何回か、恵比寿《えびす》ガーデンプレイスのウェスティンホテルで同窓会をしている。写真科時代の写真の、何とみんな若いことか。本科生は肩から非常用の鞄《かばん》をななめ掛けして戦闘帽をかぶっており、養成所の私は三つ編みにしたお下げ髪でセーラー服を着ている。

この中の何人かは戦死したり、病気で亡くなったりした。写真科の同窓会は、あと何回開くことが出来るだろう。

玉川上水

三鷹市井の頭に家を建てたのは、昭和四十四年七月で、もう四十六年以上にもなる。

玉川上水沿いにある野鳥の来る小鳥の森からは、家まで小鳥が遊びに来る。夏はひぐらしが鳴き、秋になると小さな家は虫の声に包まれて、山の中に住んでいるようである。

取材以外には出歩かなかった吉村も、駅まで公園を通りぬけて歩くようになった。冬がれの公園もいいが、早春には梅林の梅がほつほつと咲きはじめ、桜の季節は満開の桜の下にシートを敷いて、午前中から場所取りしている会社の社員がいる。夜になると酒盛りが始まる。私たちは桜の季節には喧噪《けんそう》な公園を避けて、玉川上水べりを歩くようになった。武蔵野の自然が残っていて四季の移り変りも楽しめ、桜も見事な枝ぶりである。通り道に台を置いてトマトやきゅうりなどの野菜を並べ、傍に箱が置いてあって代金を入れるようになっているのを見かけた。近くの農家が出しているのだろうが、八百屋で買うより作り手が直接売るのだから鮮度がいい、と時々箱に代金を入れて野菜を買うこともあった。

こんなところで商売になるのか、と思う住宅の玄関におしゃれな看板が出ていて、はいってみると布製のトートバッグや壁掛、テーブルセンターなどを売っていて、私も時々手提げやマフラーなどを買った。散歩の道すがら買物が出来るのも女の楽しみである。

上水沿いの家々は落着いたたたずまいで、小さな教会もある。私は週刊朝日に連載を頼まれた時、昭和五十六年新年号から十月まで、四十二回「冬銀河」を連載したが、玉川上水を主なシーンに使っている。その他にエッセイにも時々玉川上水に触れている。

娘が小学生の頃、ランドセルを放り出して本を読みに行った「山本有三記念館」も、玉川上水の〝風の散歩道〟にある。有三はここで「路傍の石」や戯曲「米百俵」を執筆したが進駐軍に接収され、昭和三十一年に土地と共に東京都に寄贈されて、六十年に三鷹市に移管された。ヨーロッパの中世風の間取りや室数、暖炉などの設備も高水準で、三鷹市の文化財に指定されている。

玉川上水を無用の長物と考える人々がいることを知ったのは、昭和五十年代のことである。上水はすでに高井戸から下流は暗渠化《あんきよか》され、武蔵野、三鷹でもこれまで少数の人々の情熱と努力によってかろうじて現状を保ってきていた。迂闊《うかつ》なことに近くに住みながら、私は上水についての歴史や現状について無知であった。

都市化が進み、人口が増加するのに伴って利用出来る土地が乏しくなっているのは事実である。水道局では村山、山口等の貯水池が汚染された際には玉川上水に流すことを考えており、水路としての機能は充分にあるのだ。

玉川上水は承応二年（一六五三）四代将軍家綱の時代に、江戸の水事情を考えて開削された人間が人間のために作った川である。江戸市民に飲料水を供給し、武蔵野台地の原野を穀倉地帯に変えていた。

玉川上水は、玉川庄右衛門《しょうえもん》、清右衛門《せいえもん》兄弟によって承応二年四月四日から十一月十五日までに素堀《しらぼり》の水路が完成し、羽村取水口（多摩川）から四谷大木戸まで四十三キロメートルが開削され、兄弟は上水完成の功により玉川姓と帯刀を許されて上水の管理を任されたという。承応三年六月から江戸市中に通水が開始されたが、高井戸まで掘ったところで幕府から渡された資金が尽き、兄弟は家を売って費用に当てた、という話もある。

私が玉川上水を守る会に出席した頃は上水には水が流されておらず、関東ローム層と言われる土は水気がなくなると崩れ、上水べりの植物の根も弱って風が吹くと倒れるような状態だった。水の流れていない上水は単なる溝で、心ない人がゴミを捨てるようになって荒廃の一途をたどっていた。玉川上水を守る会の人々は、そのゴミ拾いをしていた。

国電三鷹駅北口付近から上流けやき橋にかけて、長さ百二十五メートルのコンクリートの箱を埋め、その上を覆土して小公園を作るという案や、三鷹橋から下流の百四メートルを暗渠化して仮設駐輪場を作り、南口広場に地下駐輪場を作ったのちは上水を緑の公園にするなどという計画もあった。

上水を守る会の人々は小公園に流すせせらぎを一メートル下げ、空《から》濠《ぼり》に水を流して暗渠の入口に貯《た》めて水位を上げて覆土の上を流すという妥協案を出した。しかしその小公園なるもの、長さ百メートル幅十三メートルという細長い土地に樹《き》を植えて形ばかりのせせらぎを流すという中途半端《はんぱ》なもの。緑の乏しい都心部ならばとにかく、近くに広大な井の頭公園があるではないか。

昭和四十年に淀橋《よどばし》浄水場が廃止され、山口、村山、東村山の各貯水池へ殆どの水が流れ込むようになるまで、上水には毎秒五トンの水が滔々《とうとう》と流れていたのである。

上水周辺には多くの文学者たちが住み、山本有三邸があり、武者小路実篤《むしやのこうじさねあつ》の旧居跡、三木露風や太宰治の旧居跡もある。太宰治が「グッド・バイ」（未完絶筆）を遺《のこ》し、山崎富栄《とみえ》と入水《じゆすい》したのは昭和二十三年三十八歳の時で、遺体が発見されたのは、玉川上水の万助橋の下流新橋近くである。

玉川上水は江戸時代の土木工事として劃期《かっき》的なもので、羽村取水口から四谷大木戸まで全長四十三キロメートルを一年未満で掘り割り、その高低差わずか九十二メートルという世界に誇る大土木工事である。おかげで武蔵野台地は人の棲《す》める地となり、人口百万にふくれ上っていた江戸市民に命の水を供給することが出来た。

上水べりには東北地方と四国、九州の温暖な地方の植物の接点として多種多様な植物が繁《しげ》り、学術的にも貴重な地帯であった。空濠にしたままではゴミ捨て場になっても仕方がないが、私は上水を守る会の人々の熱心な集まりに参加するようになって、ゴミ拾いをする時間的な余裕はないので著名な新聞二紙に上水の現状を書いた。原稿を売り込んだのは、この時だけである。新聞を読んだ婦人雑誌がインタヴューに来て、これもチャンスの一つと思い、上水の危機と上水を守る会の人々の運動について話した。

かつて、ホタルが飛びかっていた玉川上水は上水を守る会の人々の熱心な運動がかなって水が流されるようになり、私たち夫婦はよく上水べりを歩いたものだ。新橋から水の流れをしばしのぞいてみたり、小鳥の森近くを歩いたり、仕事の疲れを癒《いや》す恰好な散歩道であった。

平成十五年八月、東京の発展を支えた歴史的価値を有する〝土木施設・遺構〟として、文化財保護法に基づき、国の史跡に指定された、と報じられた。

事故の顚末《てんまつ》

平成二十七年も終りに近い十一月四日のことである。

その日は霞《かすみ》が関《せき》ビルの霞会館で「伝統文化の日」という催しが行われていて、伊勢神宮の内宮《ないくう》、外宮《げくう》の式年遷宮《せんぐう》の写真や神官の装束などの展示を見学したあと、霞会館の館長前神宮大宮司北白川道久様にレストランで、この催しに誘ってくれた同窓生林なおみさんとコーヒーをご馳走《ちそう》になった。

北白川宮には、吉村昭が朝日新聞から連載を頼まれた時、彰義隊を書こうと思い立って伊勢神宮へ取材に行き、私も同行してお目にかかったことがある。「彰義隊」が完結したら、また伊勢神宮へ行こうという話をしていた。

上野寛永寺山主、輪王寺宮能久親王《りんのうじのみやよしひさ》は、鳥羽伏見での敗戦後、寛永寺で謹慎する徳川慶喜《よしのぶ》の恭順の意を朝廷に伝えるために奔走した。彰義隊が朝廷軍の攻撃を受けて敗れたのち、寛永寺を本営とする彰義隊に守られていた宮は、朝敵として東北へ落ちのびている。

北白川宮は輪王寺宮の曾孫《ひまご》にあたり、学習院の同窓生たちは北白川様とお呼びしているが、私はそんなややこしい呼び方ではなく、もと北白川宮だったのだから宮さま、と申し上げている。

「伝統文化の日」の展示を見学したあと、私は霞会館からすぐ近くの地下鉄虎ノ門駅から帰宅しようと思い、階段を下り切る最後の段で足を踏みはずして転倒した。すぐ起き上ろうとしたが、横転したままの姿勢で起き上ることが出来ない。周囲にいた数人の男性が私を抱え上げて階段を上まで上り、ちょうど停ったタクシーに乗せてくれた。私は窓を開けて気づかわしそうに見送ってくれている人たちに頭を下げた。

タクシーの運転手は、

「虎の門病院へ行きますか」

と言った。見送りの人の様子から、怪我人《けがにん》とわかったのだろう。私は今後の医療のことを考えて、家の近くの病院のほうが都合がいいと思い、

「このまま吉祥寺まで行って下さい」

と言った。携帯電話で娘に連絡をとりながら、強く打った左半身の痛さに、これはただごとではない、と思った。

翌日、近くの杏林大学付属病院の整形外科へ娘夫婦に伴われて行くと、レントゲン写真を撮った結果左大腿骨《だいたいこつ》が骨折しており、すぐ手術することになった。

前日の十一月三日は、三鷹市の芸術文化センター星のホールで三鷹市名誉市民表彰式が行われ、私は清原慶子三鷹市長から表彰状を授与された記念すべき日だった。武者小路実篤、山本有三などという文学全集に載っている著名な作家に与えられている称号で、私は七人目、女では初めてであるという。そんな光栄に浴した翌日の事故である。

私の事故を知った三鷹市長が驚いて、杏林大学外科病棟のナースセンター真前《まんまえ》の特別室に入室させて下さった。公園に面したシャワールーム付の部屋である。私は自分の迂闊さに恥入って誰にも知らせぬつもりだったのだが、名誉市民の表彰式が行われたばかりだから、出席していた人たちに知れてしまった。

手術は早いほうがいいということで、その日時間外の七時に行われた。それも市長のはからいであった。翌朝市長が秘書の方を伴って見舞に来られた。私は全く合わせる顔がなかった。市長とは先年新春対談が行われた時に知ったのだが、同窓生なのである。もっとも私は戦時中の府立第五高等女学校卒業、市長は、名称が変った都立富士高校を卒業されている。

市長の後援会が毎年行われていることを知らなかった私は、昨年初めて三鷹産業プラザに行ってみて、出席者の多さに驚いた。時間に遅れて行ったので、参加者をかき分けしながら傍に近づくのも容易ではなく、市長の人気に改めて驚いたものである。

入院と言っても内臓が悪いわけではなく、骨折して歩けないだけだから、三度三度の食事以外は介護士さんがリハビリルームへ車椅子《くるまいす》を押して連れて行ってくれ、一時間ばかりリハビリの運動をするだけである。

身内以外は、連載中の新潮社の「波」と岩波書店の「図書」の原稿を取りに担当編集者が見舞がてら来院されたのが、唯一《ゆいいつ》娑婆《しゃば》との接触だった。

あとがき

新潮社のPR誌『波』に「時のなごり」を連載し始めたのは、平成二十三年である。一回が五枚ということで、編集長は完結したら単行本にする心づもりのようだから、これは長期になると思った。

第一回「箱根一人旅」を書いたのは平成二十三年の十月号である。岩波書店のPR誌『図書』に「果てなき便り」を書き始めたのは平成二十六年一月号からで、これは一回が十枚である。十枚という枚数は連載となると相当厳しいが、『波』と途中から並行して書くことになってみて『図書』のほうが楽だったのは、テーマが決っていたからである。「時のなごり」は五枚であっても、何を書こうか、とテーマを考えるところから始まる。街を歩いていても、医院の待合室でも、買物をしていても、旅先でも、いつも題材を考えていた。あだやおろそかに電車にも乗っていられない。

霞会館で催しがあった際、地下鉄虎ノ門駅の階段を踏みはずして大《だい》腿骨《たいこつ》を骨折し、三鷹市の杏林大学医学部の整形外科病棟に三週間入院していたことがある。

又やった！　と身内の誰もが思ったらしく心配するより呆《あき》れたらしい。内臓の病気ではないから痛みが薄れると車椅子《くるまいす》でリハビリルームへ毎日運ばれ、その時間だけが退屈な入院生活の中で唯一《ゆいいつ》の気晴らしだったが、一人で歩けないだけでリクライニングベッドの半身を起こして書くことは出来る。

入院は誰にも知らせないように言ってあるから見舞いは身内の者だけだが、連載は休めないから『波』の編集長木村達哉氏と、『図書』の編集部清水野亜さんが見舞いがてら原稿を取りに来て下さった。病室にはファクシミリなど置いてないから迷惑をおかけした。調査や取材に出かけて行かねばならぬような仕事だったら、休載するしかなかったろう。

『図書』の最終回は二十七回の「最後の手紙」、『波』の最終回は五十四回「事故の顚末《てんまつ》」共に平成二十八年三月号で完結。ちょうどきりのよい月号で終らせたかった。

こうしてまとめてみると実にテーマがまちまちで、旅の思い出や、各地各種の取材、身内のように親しかった編集者の方々の死、自然災害や思いがけない報道、若かった頃の仲間たちとの会合や、戦時中の青春の思い出などなどをたぐり寄せている。

木村氏がテーマ別に章立ての構成を考えて下さり、単行本化にあたっては、タイトルを「時の名残り」と変えることになった。

一回五枚で五十四回も書くと、前に書いたことと重なっているところがあり、出版部の桜井京子さんはその部分をチェックすることに神経を磨《す》り減らしたことと申し訳なく思う。

この企画を思い立って毎号原稿を受け取って励まし続けて下さった

木村達哉氏と、厄介な短かいエッセイを何とか一冊にまとめ上げて下さった桜井京子さんに御礼申し上げます。

平成二十九年二月十五日

「彼」と「かれ」

松田哲夫

津村節子さんのエッセイ集『時の名残り』を読む。

津村さんといえば、同じ作家である夫・吉村昭さんとともに歩んできた人生について語られることが多い。津村さん自身が、吉村さんの没後に執筆した小説、エッセイなどを読むと、そのほとんどが吉村さんに関わるものだと言っても過言ではない。

この『時の名残り』も、「Ⅰ 夫の面影」から始まり、「Ⅳ 移ろう日々の中で」で終わっている。その間には「Ⅱ 小説を生んだもの」

「Ⅲ　故郷からの風」など、津村さん自身の歩みや思い出を綴《つづ》ったものも、かなりの編数、収録されている。

ところが、それらの文章にも、吉村さんは控えめな脇役《わきやく》さながら、さりげなく登場している。これらを加えると、なんと全五十三編のうち四十七編に出演していることになる。

津村さんの文章に登場してくる吉村さんは、要所要所で年季の入った脇役らしい名セリフを聞かせてくれる。その中で、読むたびに思わず笑ってしまう、とてもほほえましいエピソードを紹介しておこう。

日本芸術院では、第一部（美術）、第二部（文芸）、第三部（音楽・演劇・舞踊）、各部の部長が、その時の受賞者を伴って御所に参上する。津村さんが受賞したとき、文芸の部長だった吉村さんは、津村さんのことを、どう紹介したらいいのか困ってしまった。そこで、「この者は五十年わが家に住みついておりまして、本日も一緒に出てまいりました」と話した。すると、皇后さま（美智子・現上皇后さま）が大変お笑いになったという。

吉村さんと津村さんは、学習院の文芸部で出会い、それから吉村さんの逝去までの五十五年間、ある時には夫と妻として、またある時には父親と母親として、そして何よりも文学を、小説をこよなく愛する者同士として、固い絆《きずな》で結ばれていた。そして、この本には、「吉村が亡《な》くなって」「吉村が亡くなったあと」という表現があわせて九回も出てくる。これを見ても、吉村さんの死が津村さんに、どれだけ深い傷痕《きずあと》を遺《のこ》していったのかうかがわれる。

　ところで、このエッセイ集を読みながら、著者である津村さんが吉村さんのことをどう呼んでいるのかが気になっていた。その時々の二人の間の距離が、そこからくみ取れるような気がしたのだ。当然のことながら、圧倒的に多いのが「吉村（吉村昭）」である。吉村昭の妻、吉村家の人間という立場で、本人になりかわって語ることもある。だから、自らの感情や判断を差し控えて、事実をきちんと伝えなければという気構えが痛いほど伝わってくる。

　次に目につく呼称が「かれ」である。おおむね、「吉村」という名前の連発を避けるために使われていることが多い。しかし、読み進んでいくと、不思議なことに気がついた。実は、津村さんが「かれ」と書くのは吉村さんのことを示す場合だけなのだ。他の人をさし示す場合には「かれ」ではなく「彼」と書いている。あたかも、たくさんいる「彼」のなかで、吉村さんだけは、特別な「かれ」なんだと言いたいかのように。こういうデリケートな感覚は、いかにも津村さんらしい。

だから、津村さんが「かれ」を使うときには、心なしか連れ合いとしての情のようなものがにじみ出ている。さらに言えば、そんなに多くはないが、「夫」という呼び方をしているところもある。この表現には「かれ」よりももっと身近で親しみが込められているようだ。

呼称の違いによる微妙なニュアンスの差は、本書で津村さんの文章そのものに触れていただくと感じ取れると思う。以下に引用した文章は、津村さんが、朝起きて自分の目の異常に気づき、吉村さんにそれを告げにいく場面である。三種類の呼称（「夫」「かれ」「吉村」）が混在している。

私は二階に駈け上り、

「眼が見えない」

と夫をゆすぶり起した。急に起されたかれは、

「どうした。夢でも見たのか」

と言った。（略）

吉村の開成中学時代の友人に医者が多くて（略）

（本書「片眼の執筆」・傍点引用者）

＊

以上のような内容のエッセイを「波」二〇一七年四月号に書いた。雑誌が出てすぐのころ、ある会合で津村さんにお目にかかる機会があった。他人の文章のなかにある呼称を勝手に取り出して、その数を数えたり分析したり、もてあそんでいたので、ご機嫌を損ねていらっしゃるのではと、少々心配だったが、「あの文章、よかったわよ」とお褒めいただき、ホッと胸を撫《な》で下ろした。

「『彼』と『かれ』との使い分けは」と聞くと、「ある時期から、そうしています。よく、気がつきましたね」と言われるので、「校正刷りで表記を統一する時に、担当編集者や校正者は気がつく可能性がありますが、一般の読者は気づきにくいかもしれませんね」などと話した。

それからというもの、津村さんの作品に触れる機会があると、吉村さんとおぼしき人物の呼称に注意を払うようになった。ある時、芥川賞候補作にもなった出世作「さい果て」を再読することになった。一九五四年冬、作家修行中の吉村さんと津村さんは、経済的な困窮を克服するために、東北・北海道へ行商の旅に出かける。その過酷な日々を綴ったのが「さい果て」である。

まだ津村さんが駆け出しのころの作品なので、「彼」と「かれ」の使い分けなどしていない。また、これは小説として書かれているので、吉村さんと思われる主人公には「志郎」という名がつけられている。さらに、誰も知り合いのいない北国をさまよう、登場人物も少ないお話なので、はじめは「志郎」が連発されるだけだ。

それだけに、初めて「彼」が登場してきたとき、とても鮮烈な印象を受けた。なんといっても、ここは津村さんにとって大切な初夜の床入りであり、と同時に志郎＝吉村さんの背中に生々しく刻印された苛《か》烈《れっ》極まりない病気の痕跡《こんせき》との初対面でもあったからだ。

志郎にはじめて抱かれたとき、私は彼の背に廻した自分の指先に触れた異様な感触に思わず手をひいた。

「怖いのか」
と言って、志郎は肌着を脱ぎ捨てて私の目の前に背をさらした。

（津村節子「さい果て」・傍点引用者）

一人の男性であった「志郎」が、「私」の指の生々しい感触により、特異な肉体をもった、「私」にとって特別な一つの存在として認識されていく。そういう、彼女の心の内部のゆらぎを鮮やかに写し取っている。

（令和元年十一月、編集者）

本書は、株式会社新潮社のご厚意により、新潮文庫『時の名残り』を底本といたしました。

津村節子　Tsumura Setsuko

1928（昭和3）年、福井市生れ。学習院短期大学国文科卒。在学中より小説を発表し、'64年「さい果て」で新潮社同人雑誌賞、'65年「玩具」で芥川賞、'90（平成2）年『流星雨』で女流文学賞、'98年『智恵子飛ぶ』で芸術選奨文部大臣賞、2003年恩賜賞・日本芸術院賞、'11年「異郷」で川端康成文学賞、『紅梅』で菊池寛賞を受賞。日本芸術院会員。主な作品に『重い歳月』『冬の虹』『海鳴』『炎の舞い』『黒い潮』『星祭りの町』『土恋』『三陸の海』等。2005年『津村節子自選作品集』（全6巻）刊行。

時の名残り

（大活字本シリーズ）

2023年11月20日発行（限定部数700部）

底　本　新潮文庫『時の名残り』

定　価　（本体3,300円＋税）

著　者　津村　節子

発行者　並木　則康

発行所　社会福祉法人 埼玉福祉会

埼玉県新座市堀ノ内3—7—31　〒352—0023

電話　048—481—2181

振替　00160—3—24404

印刷製本所　社会福祉法人 埼玉福祉会 印刷事業部

ISBN 978-4-86596-620-6